AF599927

LAS SOMBRAS DE LA CADIERA

Javier Alcántara Ruiz

Aliarediciones

Corrección: Inés González Calo
Diseño de cubierta: Pablo Arellano
Maquetación: Aliar Ediciones

Depósito Legal: GR 330-2026
ISBN: 979-13-88058-91-2

Impreso en España

Edita
ALIAR Ediciones
www.aliarediciones.es
info@aliarediciones.es

LAS SOMBRAS DE LA CADIERA

Javier Alcántara Ruiz

A mi madre, raíz de amor silenciosa, de esas que crecen pese al viento y la escarcha. De esas que aguantan el devenir de una tormenta, sin miedo, pese al rugido de las nubes negras.

Por cantar ternura pese al dolor. Por amar sin prometer y abrir senderos, cuando todo a tu alrededor son ramas secas.

Por sostener el mundo con cada gesto, por curar con las manos, empujar con la mirada y abrazar con el silencio cuando ya no quedaron palabras.

Por enseñar que resistir no es solo aguantar: es florecer entre las grietas, volar incluso cuando el frío cala hasta los huesos.

A mis hermanos, Jesús y Yolanda, dos montañas que se hicieron más prominentes cuando todo alrededor comenzaba a desmoronarse.

Con vosotros descubrí que también la piedra guarda calor, que se puede levantar un hogar entre las ruinas, que la risa es una forma de encender el fuego cuando la vida se congela.

Gracias, por levantar un universo a golpes, a abrazos y a besos, hasta hacerlo infinito. Por ayudarme a mantener la mirada en alto, y a encontrar estrellas incluso en las noches más hondas.

Gracias por ser raíces y refugio, tierra firme bajo mis pies y luz que no retrocede. Por ser un lugar en el que reconocerme, cuando el tiempo pesa y la memoria arde mansa.

Por hacer del cariño un manto de esperanza y, de la esperanza, un brote nuevo cada día.

Por vuestro amor, aunque a veces me tiemble decirlo.

Nota del autor

Hay lugares que ya no existen en los mapas, pero siguen respirando. A veces bajo un manto de nieve, otras entre la maleza que avanza sin permiso.

Son pueblos que el progreso olvidó, aldeas que fueron arrinconadas por la prisa y el asfalto. Donde antes había campanas, ahora solo queda viento. Donde hubo voces, quedan muros huecos. Y donde ardía la vida, hoy apenas tiembla un eco.

Dicen que el abandono es parte del ciclo. Que los jóvenes marchan, que las escuelas cierran, que los caminos se borran, que la montaña no puede competir con la ciudad. Pero eso no es del todo cierto.

La montaña no perdió contra nadie: fue vencida por el olvido. Aquí, en estos valles del Alto Aragón, la tierra aún guarda la forma de las manos que la trabajaron. Los bancales, las acequias, los muros de piedra seca son cicatrices de una historia que nadie se detiene ya a leer. Cada piedra es una sílaba del idioma que se hablaba antes de que la industria dictara dónde merecía la pena seguir viviendo.

Las gentes se fueron, creyendo que el futuro estaba más abajo, donde los trenes no callaban y las luces no se apagaban nunca. Y en esa huida, la montaña quedó sola, convertida en postal, en destino de fin de semana, en mito romántico de lo que fue. Pero la montaña no es pasado. La montaña es un cuerpo vivo, una memoria que respira.

Cada bosque, cada arroyo, cada casa hundida en la hiedra conserva algo de los que se fueron: un gesto, una palabra, un fuego encendido en otro tiempo. A veces, cuando cae la tarde y el valle se cubre de sombra, parece que las voces regresan. Que alguien sigue ordeñando cabras al amanecer, que una maestra repite lecciones en una escuela vacía, que un hombre espera junto al nogal a que vuelva el amor de su vida.

Son fantasmas, dirán algunos. Pero no: son los que aún resisten en la memoria del lugar, los que no quisieron irse del todo.

Este libro nace de esa resistencia.

De la certeza de que los pueblos no mueren cuando se apagan sus luces, sino cuando dejamos de pronunciarlos. Otal, Escartín, Ainielle, Bergua, Susín... nombres que suenan como plegarias de otro tiempo, pero que todavía arden si alguien los dice despacio.

No se trata de nostalgia. Se trata de justicia con la memoria. De recordar que la montaña no es ruina, sino raíz. Que hubo una forma de vida que no era atraso, sino sabiduría. Y que bajo cada piedra cubierta de musgo, bajo cada puerta que cruje, aún late la historia de quienes vivieron con el tiempo y no contra él.

Este libro es para ellos.

Para los que resistieron.

Para los que partieron sin querer.

Para los que siguen esperando, entre la nieve y el silencio, que alguien vuelva a escucharlos.

Rutinas

Como si fuera un ritual, recorro cada apéndice de la casa. Sin prisa. Respirando profundamente, dejando que el aire se llene de polvo, de recuerdos y de nombres que ya no pronuncio.

Acaricio las paredes, las vetas de la madera y los clavos oxidados. Cada uno guarda el eco de una voz, una respiración, un gesto cotidiano que el tiempo quiso borrar. Y dejo que los segundos floten sobre mis dedos, como si al tocarlos pudiera detener el paso de los años. Después me adentro en la habitación de Alba. Despacio. Podría decirse que incluso de manera imperceptible, hasta que los maderos del suelo se quejan bajo mis pies y la habitación, desnuda de vida, me devuelve el reflejo de un centenar de castillos en el aire; los que debieron ser, pero nunca llegaron a serlo; el amor que se debió vivir, y quedó atrapado entre las vigas.

Y por un momento, todo cobra sentido. A raudales. Como si un impulso me atravesara y me hiciera entender, sin palabras, que el amor y la pérdida comparten el mismo idioma.

No sabría decir cuánto tiempo permanezco allí, mientras habito entre conjeturas y suposiciones, entre lo que fue y lo que soñé que sería. Solo sé que el final siempre es el mismo: el silencio comienza a estrecharse en mis pulmones, se enrosca, se vuelve denso, áspero y cada vez más abrupto, como una promesa que se deshace por falta de fe; solo sé que todo se desvanece.

Y, entonces, la casa, cansada de tanta ausencia, me exhala de su interior. Y una colección de espinas avanza dentro de mí con cada respiración, una por cada recuerdo que se niega a marcharse. Y la ausencia camina, lenta pero decidida, por el interior de mis venas. Y un escalofrío trepa por mi espalda como la garra invisible de un animal salvaje. Y, ahí, se abalanza sobre mí la necesidad de huir. De esta casa. De mí misma. De este mundo detenido entre ruinas y suspiros. Huir en silencio. Sin dejar huella. Sin que nadie lo note. Como si nunca hubiera existido.

No sé cómo —aunque probablemente entre pasos torpes y descorazonados— llego al balcón del dormitorio principal y me aferro a la barandilla. Como puedo. Fuera de mis cabales y a la deriva. Dejo que el aire del amanecer corte mi piel y la limpie, a partes iguales. El valle se despereza ante mí con una calma que duele. La niebla se enreda en los tejados derruidos, y el primer sol intenta colarse por los huecos donde un día hubo ventanas.

Y, por un momento, respiro por todos los que ya no están. Siento el hierro frío bajo mis dedos, el temblor de la montaña que despierta, la fragilidad de mi cuerpo resistiendo al tiempo. Y pienso que quizá eso sea lo único que nos sostiene: la obstinación de seguir respirando aunque duela.

Cuando el sol se levanta en lo más alto del cielo, subo al tejado por la buhardilla, por la misma trampilla que tu padre abrió tantas veces; como si de nuevo fuera a enseñarme cómo sustituir una teja rota. Me siento con las rodillas pegadas al pecho, algún folio entre las manos y el bolígrafo aferrado a mis dedos. Desde lo alto, las calles se dibujan como surcos vacíos en una tierra que nadie más volverá a sembrar.

El abandono devora las casas, unas veces con anarquía, otras dejando en la vegetación una poesía triste, frágil. Los tejados hundidos se inclinan los unos hacia los otros, como si compartieran un secreto que yo no llego a entender. El musgo trepa por los muros para cubrir lo que un día tuvo color. Y el presente yace bajo montones de piedras, con el olvido colándose por los marcos de las ventanas, los segundos enjaulados en la nada y el abandono traspasando las grietas de los muros.

Antes de escribir, desmenuzo el mendrugo de pan y esparzo las migas sobre las tejas. Espero a que una pareja de gorriones se acerque y, desde la distancia, los veo aproximarse con cautela. Revolotean. Picotean. Y dan pequeños saltos en torno a ellas. Cuando no queda nada, rondan una y otra vez a mi alrededor, reclamando más pan. Con movimientos nerviosos y precisos, llenos de una vida que parece ajena a este abandono, a esta quietud que todo lo pudre; ignorantes de las grietas, las tejas hundidas y las chimeneas que ya no calientan.

Pero yo permanezco impasible. No por falta de comida —mi estómago hace días que no se queja y se conforma con lo que caiga entre sus paredes—, sino por la necesidad y el extraño consuelo de verlos alzar el vuelo. Y, entonces, el eco de su trinar llena los huecos de este pueblo como dos pinceles sobre un lienzo en blanco. Y en esa reverberación despiertan, aunque sea por un instante, las voces y la memoria de los que un día habitaron aquí: una pequeña insurrección, una vibración efímera que se niega a desaparecer del todo.

Al caer la tarde, el silencio se adueña por completo de la casa. Cómplice de una oscuridad que devora a dentelladas la luz de las velas. En medio de esa quietud, una respiración fatigada salta de un lado a otro, como una araña buscando cobijo entre las vigas. Un pulso lento. Un grito sin alas que aún resuena cincuenta años después; quizá los restos de un alma que ya no encuentra remedio, quizá una memoria que busca un abrazo en sus rincones antes de rendirse del todo.

Mientras tanto, voy vaciando el estómago sobre los folios que apoyo en la vieja cadiera. Escribir se ha vuelto un acto de desangrarse con orden, de poner nombre al vacío para que duela menos. Y cada palabra es una forma de regurgitar. Y cada frase toma partido. Unas por la rabia. Otras por la ternura. Otras simplemente por cansancio. Como si absorbieran mis despojos y, en ese gesto y en ese derramar lento, sentir cómo algo de paz se abre paso entre mis manos; como los primeros rayos de luz tras una abundante tormenta.

Cuando el pulso tiembla, sé que debo detenerme. Y libero a los folios y al bolígrafo, como si el peso de las palabras se desprendiera de mis manos. Y desvío la mirada hacia la pared que da a la calle. Allí, el aire se arremolina despacio, y las sombras bailan sobre su piel descascarillada como auroras boreales desahuciadas. Y entonces, vuestros rostros surgen al otro lado. Nítidos e inmensos, como si nunca se hubieran ido, tan próximos que el corazón me tiembla al reconocernos.

Y el frío desaparece.

Y la rutina se convierte en una brisa que aligera mis pies descalzos, como si el suelo dejara de reclamarme.

Y la gravedad se suspende, y el tiempo, por fin, se detiene.

Nadie hablará de Otal

En ningún lado hablarán del pálido humo ascendiendo por los tejados, ni de la manera en que se enredó en las nubes, como un susurro que se resiste a desaparecer de su propia voz.

Nadie hablará de los sueños rotos y amontonados en las carretas, ni de las puertas cerradas a su paso como si un vendaval fuese a arrasar todo; esas que ahora, torcidas, ya no saben abrir ni cerrar. Tampoco hablarán de los habitantes de Otal, ni de la manera en que sus pasos se fueron hundiendo tras cruzar el collado de Pelopín, como huellas poco profundas que la nieve borra sin esfuerzo.

Nadie hablará de las historias sin espalda, ni de sus manos gastadas, del cansancio incrustado en los huesos, ni de esa fe sencilla en la tierra que los sostenía. Porque, para el mundo, su marcha fue apenas una cifra, un dato frío sobre un papel que nunca llegó a importar. Y si alguien lo hace, será en un párrafo huérfano de lectores, perdido entre censos y registros de algún periódico que nadie abrirá. O quizá un apunte administrativo. O un mero trámite. Sin memoria. Sin eco. Sin historia. Como si la vida de unos pocos no valiera nada frente al progreso de todos.

Pero puede que un día alguien llegue hasta este caserío y se tope con un cuerpo exánime, embalsamado a conciencia por el mutismo y la soledad. Al principio puede que no entienda nada, y piense que se trata de un sueño mal tejido. Pero el aire será denso y el silencio —ese que se adhiere a las paredes— lo obligará a retroceder, como si la muerte aún respirase entre los muebles. Y entonces, movido por la urgencia, recorra cada estancia de la casa preguntándose qué demonios conduce a alguien hasta un lugar postergado. Verá los objetos cubiertos de polvo, las tazas vacías o los zapatos dispuestos junto a la puerta como si esperaran un último paseo. Y mientras avanza, se responderá a sí mismo a base de suposiciones: tal vez un desahucio donde no quedó ni la propia humanidad; quizás una sociedad sin espacio para sus mayores; o una enfermedad que conjugue en la misma frase olvido y recuerdos.

Será cuestión de tiempo que el azar —o la simple curiosidad— acerquen sus pasos hasta el puñado de folios que ahora habita sobre la vieja cadiera.

Ahí, probablemente, empezará todo.

No en el cuerpo que encuentren, ni en las suposiciones. Sino en las palabras que dejé como migas de pan para quien se atreva a seguirlas. Ahí, tal vez, comprenderán que vine aquí con un solo propósito: poner orden a mis propios asuntos. Los que se agitan por dentro. Los que no dejan dormir. Los que se pudren con los años. Y si al leerme sienten el temblor de algo que les pertenece, si reconocen en estas líneas una herida parecida a la suya, entonces todo habrá tenido sentido. Porque eso es lo único que he querido dejar atrás: una verdad pequeña, temblorosa, escrita a la intemperie... antes de que también yo me disuelva en el polvo que cubre Otal.

Llegué a la fuente del Pueyo con la luz rajando el alba como un cuchillo la piel desnuda. Las casas, quietas y deshabitadas, parecían saber que el tiempo les había pasado por encima; sus muros, encorvados por décadas de abandono, suspiraban en silencio.

El viento saltaba los restos de lo que un día fue la casa Rocha, como quien llega tarde a una cita que nunca existió. Entre los adoquines, la escarcha crujía bajo mis pies, recordándome la ausencia de los pasos que antes caminaban con decisión. Poco después, al adentrarme en la calle principal, el viento perdía fuerza y parecía resbalar por los muros, como dispuesto a acariciarlos con suavidad, como si quisiera aprenderse la memoria de cada grieta. Al final de esa breve recta, se convertía en una mera brisa que se escurría entre los callejones.

Allí, en la plaza, las moreras se han adueñado del espacio. Han borrado la forma rectangular y, sobre el empedrado, la hierba brota sin pedir permiso, como quien reclama un territorio que siempre fue suyo. Dos columnas aguantan lo que queda del balcón del viejo ayuntamiento, ya sin voz. Donde antes resonaban las conversaciones y el pregón de las fiestas, ahora solo habita el rumor de las hojas, un murmullo vegetal que ha aprendido a hablar en lugar de los hombres.

Continué calle arriba, con la sonrisa aún intacta. A pesar del vacío, y de la soledad que me rodeaba como una neblina invisible, todavía tenía la esperanza de escuchar el crujido de un cerrojo, el doblar de las campanas o el saludo de una voz conocida; pero solo quedaban raíces que se enredaban con los cimientos, como si buscaran consuelo, o tal vez venganza. Sumida en ese oasis de pensamientos, llegué al colegio.

En su fachada, y casi borrada por el abandono, aún podía leerse aquella frase que tu padre escribió el veintitrés de junio del setenta y tres: «Nadie puede ahogar la voz». Las letras, arañadas por la intemperie, parecían respirar todavía, como si cada grieta en el muro exhalara la última voluntad de quien se negó a callar. Me acerqué despacio, sin atreverme a tocar la pared. Y entonces los recuerdos vinieron a mí para hacer del aire gas natural: denso, irrespirable, con ese olor agrio de lo que se consume sin remedio. Y vi a tu padre recogiendo con rabia los restos de una viga carbonizada, para usarla como lápiz y escribir contra el amanecer. Y a su sombra, recortada por las primeras luces, dejando en cada trazo una súplica escrita de quien sabe que ya no queda nada por salvar, salvo la palabra.

Vi también el cansancio de quienes decidieron quedarse: rostros de piedra, ojos que aprendieron a mirar hacia abajo para no ver cómo se derrumbaba todo. En sus manos cabía el miedo, y en sus manos la costumbre del silencio. Y recordé las tretas que nos empujaron al exilio, las amenazas que trepaban por las casas vacías, los silencios que pesaban más que las palabras prohibidas. Y también volví a sentirte a ti, dando patadas en mi vientre, tal vez intentando calmar mi nerviosismo; quizá para recordar que la vida siempre busca una grieta por donde brotar, incluso entre los escombros del abandono. Como si quisieras hacerme saber que aquel muro —aún de pie, y herido— fuera el único testigo que quedaba de la dignidad que ardió sin gritar.

Allí, en la puerta de la escuela, el aire olía a tierra dormida y a memoria vieja, a polvo que alguna vez fue infancia. Respiré hondo, mientras el valle callaba, expectante y luego avancé para cruzar el arco vencido que un día fue entrada. Al otro lado, el edificio se alzaba como un espejo de mí misma: herido, descascarado, sostenido solo por el recuerdo de lo que fue. Zarzas verdes, cargadas de espinas, crecían donde antes hubo aulas, dando una lección sobre naturaleza y abandono. Las grietas se esparcían por los muros y las baldosas formaban un mapa confuso, como si hubiera olvidado que allí, una vez, se sostuvo uno de los mayores retos de cualquier sociedad: su educación.

Avancé entre piedras y restos, como un soldado cruzando líneas enemigas, hasta que un par de vencejos salieron volando. Por un momento me quedé quieta, en mitad del zaguán, como si necesitara convencerme de que estar allí tenía sentido; que mis pies no estaban siendo enterrados por una tierra que ya no existía. Respiré. Y en esa bocanada reconocí los mismos restos del olvido que dos meses antes sacudieron mi cuerpo, cuando se apagó el oxígeno en los pulmones de tu padre. Seguí adelante, sin detenerme en las estancias, hasta llegar a la clase principal; allí, los pupitres son chatarra amontonada y las sombras bailaban erráticas, filtradas por las grietas de la pared, como fantasmas que recuerdan lo que los vivos olvidaron.

Fue entonces cuando me acerqué a la pizarra y, con los dedos, escribí sobre el polvo la fecha de mi llegada: veinte de diciembre del dos mil veintidós. Más abajo, donde solía ir la asignatura del día, escribí mi nombre, con un puñado de letras temblorosas que colgaban como si llevaran una soga al cuello. Y al mirarlas, supe que aquella casa, aquel colegio, cada piedra y cada sombra, me miraban de vuelta: como si esperaran que yo continuara el hilo de lo que ellos ya no podían contar.

Salí de la escuela sin mirar atrás, con las lágrimas rasurando mis ojos igual que lo había hecho casi medio siglo antes. El sol brillaba alto y repartía sus rayos como fragmentos de un cometa sobre una noche oscura. Pero el aire comenzaba a espesarse dentro de mí, como si la soledad que habita Otal pudiera devorarme desde los pulmones hacia fuera.

Deambulé largo rato, sin rumbo ni propósito; del mismo modo que la pena se extravía entre la multitud de las ciudades, buscando no ser reconocida. Fingí no notar el silencio quebradizo que envolvía mi sombra, ni las fisuras en las calles, ni los muros discontinuos y agrietados que parecían sostenerse por costumbre. Fingí que los tejados no se vencían los unos sobre los otros, ni que el tiempo —cansado de esperar— circulaba por el aire como ratas en las alcantarillas.

Cuando alcé la vista, estaba frente al Pozo de las Ánimas. Según quién lo diga, la entrada o la salida norte del pueblo. El sol empezaba su descenso hacia el oeste, y la luz, oblicua y dorada, rescataba los últimos contornos del valle antes de que se los tragara la sombra. Me retiré unos metros hasta un prado cercano, donde un cartel para senderistas marcaba las distancias a Bergua y Broto.

Me tumbé sobre la hierba, agotada, y contemplé el valle como quien observa la estampa de una postal que ya no pertenece a nadie. El pueblo colgado de la ladera, los colores reposando sobre las formas y el río avanzando por los recovecos del valle como la historia de una novela por sus páginas.

Me vi a mí misma, entonces. Con una piel más tersa, una maleta llena de polvo y una desazón que no sabía nombrar. Tratando de descubrir qué me deparaba el destino; este destino llamado Otal. Respiré tan hondo como pude. Hasta hinchar los pulmones. Hasta que un suspiro quedó grabado en el pecho. Y allí estaba: el pedazo de hormigón que asoma en el horizonte como un barco encallado en la orilla. Ese bloque gris, inerte y ajeno, que ahora es una cicatriz abierta en la tierra. Ese que echó a la gente de sus casas, que hizo del silencio su herencia, y dejó al valle sin su voz. Un embalse que se llevó por delante a los de casa Ferrer, Rocha, O´Royo, Bescos o el molino, entre otros tantos.

Y así permanecí, respirando, hasta que el sol cayó detrás de las montañas y el valle se llenó de sombras. Sujeta a una extraña paz que, de algún modo, me decía que todo estaba en su lugar: los vivos, los muertos, el agua que no llegó a inundar el valle, el silencio.

Y yo, por fin, entre ellos. Contigo, Clara.

La llegada

Con la ciudad aún sumida en su duermevela, y las calles desperezándose antes de su habitual carrera a contrarreloj, partí de Madrid. Caminé por las aceras casi desiertas, con paso ágil, dejando que el ruido de mis pasos se mezclara con los murmullos de la ciudad al despertar. Arrastraba una maleta grande —herencia de familia y pesada como la memoria— y otra más pequeña, blanca e intacta, que años más tarde conocería la suciedad del mundo.

Dos meses antes, en la entonces sede del Ministerio Nacional de Educación, había comenzado a llenarlas. Revisé las listas una, dos, seis veces, como quien acaricia una ilusión que teme desvanecerse. Allí estaba: Clara Hernández. Mi nombre. Incrustado en la columna de aprobados; como un brote rebelde asomando entre las ruinas silenciosas de Otal. Con mi corazón latiendo al igual que un enjambre de abejas en el mes de abril y mis dedos temblando al tocar el papel. Sentí, de golpe, unas ganas incontenibles de gritar al cielo o de abrazar al primer transeúnte que pasara, solo por tener un cuerpo donde volcar la alegría.

Mi destino: un pueblo diminuto del Pirineo aragonés. No importaron las escasas referencias, apenas un censo y una mención en una guía olvidada. Otal: un nombre que flotaba como una isla sin mapa en mitad del océano. Yo ya tenía un plan. Iba a ser maestra. Iba a volver en dos años a Madrid, al lado de Pablo, con plaza fija y futuro asegurado; desde la distancia, sonrío con ironía al recordar a aquella joven de veinticuatro años, esa que creía que la felicidad venía escrita en mayúsculas y con puntos suspensivos: casarse, tener hijos, construir un hogar. Que pensaba en la vida como una línea recta que bastaba con seguir.

Ocho horas después, bajé del autobús en Broto. El Pirineo se alzaba frente a mí con una majestuosidad que hería. Montañas que parecían custodiar secretos gigantes, y un verde que sabía más del mundo que cualquier ciudad.

Alfredo —panadero, guía improvisado y dueño de una paciencia antigua— tomó mis maletas y las amarró con destreza a su mula. Tenía unos ojos vivos y una voz que parecía provenir de un lugar sin prisa, como si cada palabra hubiera sido amasada con tiempo y fuego bajo la piedra.

Pronto dejamos atrás el asfalto. El sendero, angosto y terco, trepó sin descanso entre curvas y silencio hasta las inmediaciones del collado del Pelopín. Allí, Alfredo me indicó que debía continuar a pie, que las lluvias y el paso de las vacas habían vuelto impracticable el resto del camino.

—Desde aquí, el resto lo marca el corazón —dijo mientras acariciaba el cuello de la mula—. Y el tuyo parece saber por dónde tirar.

Su sonrisa, breve pero cálida, fue la primera bienvenida real que recibí en el Pirineo.

Al llegar al Pozo de las Ánimas, Otal se dibujaba en la ladera, fundiéndose con la luz anaranjada del atardecer. Las chimeneas exhalaban humo, y el aire sabía a leña, a tierra húmeda y a costumbre. Para entonces, mi maleta blanca estaba cubierta de polvo, el bajo de mi sayo embarrado y el sueño de ser maestra comenzaba a ceder bajo el peso del cansancio; Madrid era ya un espejismo en mi espalda; el vértigo, una grieta abriéndose en mi pecho.

Frente a mí, las avenidas se convertían ahora en sendas sin nombre. No había aceras ni farolas. Solo la luz cálida que escapaba de los hogares, como si intentara ganarle una batalla imposible a la noche. El silencio lo ocupaba todo, como un huésped que nadie recuerda haber invitado. «Ya hemos llegado», dijo Alfredo.

Nos esperaba una silueta con un candil en la mano. Pedro, último alcalde del pueblo. Su figura imponía sin pretenderlo: hombros anchos, rostro curtido y una mirada que parecía sostener siglos de intemperie. Al acercarse distinguí las manos, grandes y agrietadas, de quien ha trabajado más con la tierra que con las palabras.

—Así que tú eres la maestra —dijo con calidez. En su tono no había solemnidad, sino algo más valioso: respeto.

Era un hombre acostumbrado a la escasez y al silencio, de esos que no desperdician las palabras porque saben que lo esencial no necesita rudo. Mientras me conducía a la escuela, me habló de los inviernos: largos, duros, puede que incluso bíblicos. De las familias, de su afán por resistir pese a todo.

—Aquí cada uno vale por lo que siembra, no por lo que dice —murmuró al pasar junto al molino.

Cuando llegamos a la escuela, Pedro se detuvo un instante. Observó el valle con la serenidad de quien ha aprendido a perder sin rencor.

—Míralo bien, Clara. Otal parece pequeño, pero tiene un corazón que late despacio. Aquí no se corre como en la ciudad y uno aprende a escuchar con su propio pulso. —Y aquella frase, que por entonces pasé por alto, con los años se volvió verdad.

Junto al aula, donde comenzaría a enseñar dos días después, se alzaba una habitación sencilla, presidida por un fogaril. La chimenea ascendía como un cono hacia el techo. A su alrededor: una mesa desplegable anclada a la pared, una estantería, una cadiera girada. Más al fondo, una cama estrecha, abultada por mantas que olían a invierno, un espejo partido en dos y un perchero de hierro.

Pedro se quedó un momento. En silencio. Observando la habitación como si midiera su dignidad antes de hablar.

—Aquí ha dormido mucha historia, señorita Clara. Lo importante es no dejar que se despierte el olvido.

Después apoyó el candil sobre la mesa, y por un instante la luz tembló entre los dos, como si compartiera mi incertidumbre, antes de darme un cálido abrazo y marchar. Durante un rato permanecí inmóvil, escuchando cómo sus pasos se deshacían en el pasillo, luego en el umbral, luego en la noche. El silencio que quedó después fue tan denso que casi pude oír el pulso del candil.

Mi pensamiento derivó entonces, casi sin querer, hacia lo concreto, hacia lo que me esperaba al amanecer. No solo compartiría el aseo con el alumnado: la letrina, el espejo, el lavabo. También sería yo quien fregara el suelo, quien encendiera el fuego antes de que el frío mordiera la casa y quien vaciara los cubos con ese silencio áspero de las tareas necesarias.

Y esa noche, al quedarme sola, no fue la precariedad lo que más me pesó, sino la certeza de que algo dentro de mí —una brújula, una fe— se había desplazado. No sabía decir hacia dónde, solo que ya no apuntaba al mismo sitio. Lo vi sobre el reflejo del espejo roto. A una Clara distinta, recién parida por el desconcierto. En un mundo que no comprendía. Con la piel convertida en un muralla de nervios. Con el cansancio achicando la mirada.

Y sin embargo, aquí fui feliz. Con una alegría sin aplausos, que se colaba por las rendijas del día a día al igual que la luz por una contraventana abierta. Fue una felicidad hecha de gestos pequeños: del saludo temprano de los otalinos, del eco de las sonrisas en el aula cuando el sol de invierno se filtraba por los cristales o del olor a leña que se quedaba prendido en la ropa, y en la memoria.

Pero también de la vida sin prisa.

De parar para escuchar el río.

De aprender a distinguir los matices del verde al compás del silencio.

De la mirada de tu padre.

De ti, cuando supe que formaríamos una familia.

Y creí —inocente de mí— que las cosas permanecerían así. Que bastaba con querer para que el tiempo se detuviera, que la vida, si una la amansa con ternura, se deja domesticar. Pero no.

La vida no entiende de ternuras ni de pactos. No se deja atar, ni por el amor ni por la costumbre. Tiene su propio pulso y su propio instinto de fuga. Y cuando decide marcharse, lo hace sin ruido, como un surco en el aire, como la ceniza que se cuela entre los dedos antes de que puedas soplarla.

A veces se repliega, se encrespa y se aleja con la misma facilidad con la que se apaga el fuego sin aviso. Otras, se queda un instante, solo para recordarte lo que fuiste, y luego se escapa, lenta e irónica.

Así fue todo.

La risa.

La promesa.

La voz que llenaba el aula.

Tu padre.

Y en su lugar dejó este silencio espeso, ese temblor que cada noche se sienta conmigo al otro lado de la cadiera. Desde aquí, las sombras bailan todavía, las vuestras. Como si quisieran hacerme creer que el tiempo no ha pasado. Que la vida aún respira al amparo del fogaril.

Y a veces —solo a veces— me dejo engañar.

Aquel primer día

Ahuequé la almohada, estiré las sábanas y cambié de posición una y otra vez, como si algún gesto pudiese arrinconar el vacío que se escoraba en mi estómago. El primer día eché de menos Madrid. A Pablo. En Otal, todo parecía más pequeño, más distante, como si el mundo se hubiera reducido a la mitad: las calles, el aire, incluso el tiempo. No fue extraño que, al amanecer, los rayos del sol encontraran un amasijo de sábanas y piel, ni que el tañido de las campanas fuera quien quebrase el silencio con la misma delicadeza que el otoño desgaja las hojas del valle.

Aún hoy, ese sonido resiste en el aire, sin importar que las calles estén llenas de cicatrices, que las escaleras del campanario cuelguen vencidas, o que el silencio se desangre por las casas como una herida abierta. Cuando cierro los ojos, todo vuelve a ser mitad ausencia, mitad deseo, y Otal late bajo mis pasos.

Con el tiempo aprendí a descifrar ese idioma de campanas. Lentas y rítmicas, convocaban a misa. Ligeras y desbocadas, alertaban de incendios. Profundas y espaciadas, anunciaban un bando urgente. Incluso se hacían sonar para espantar las tormentas cuando las nubes se agolpaban sobre el valle.

Pero si algo caracterizaba aquel tañido era su halo de esperanza cuando la nieve sitiaba los caminos durante semanas, y Otal se tornaba en isla. Entonces, el aislamiento caminaba por las calles como un animal hambriento, alargando las horas, volviendo los días indistinguibles. Más aún en los últimos meses del setenta y dos, cuando apenas quedábamos dos docenas. En aquellas jornadas, las campanas sonaban como golondrinas que se niegan a morir de noche. Aferradas al aire con el último temblor de sus alas. Era su modo de recordarnos que el pueblo seguía vivo, aunque apenas respirara.

Aún flotaba el eco de aquel tañido sobre mi duermevela cuando los golpes secos sacudieron el portón de entrada. A los golpes les siguieron unos pasos decididos que cruzaron el vestíbulo como si aquello, más que una casa, fuese un cuartel. Aún desconcertada por la hora y la vehemencia, pensé que debía tratarse de un niño. Quizá, incluso, fuera el primer día de escuela; poco importaba que hubiera llegado con antelación o que el calendario dijera otra cosa.

Me levanté como un caballo marcado a fuego: una mano metía la camisa en el pantalón y la otra intentaba dar alguna forma a mi pelo. Recorrí los veinte pasos que separaban mi cama del vestíbulo y me detuve antes de doblar la esquina; pasos que ahora, décadas después, solo son escombros cubiertos de polvo. Después, di un paso al frente, dispuesta a fingir entereza, aunque el corazón me latiera en la garganta.

Pero al otro lado no había ningún niño. Solo Tomás, recto como una lanza, negro su hábito, blanca la línea del alzacuello que parecía dividirlo en dos mitades irreconciliables: el hombre y el sacerdote. Con el olor a incienso y tabaco seco envolviendo su figura, del mismo modo que una nube deshilachada el cielo, y una presencia que llenaba el umbral con un peso casi animal.

Se acercó sin titubeos, extendió el dorso de la mano cerca de mi mentón y se presentó como la autoridad religiosa del lugar. No sé si fue su cercanía, su gesto o el modo en que me observó —con la mirada de quien evalúa una propiedad antes de tomar posesión—, pero instintivamente di un paso atrás, como un animal que presiente el golpe antes de recibirlo.

Levantó las manos, torpe, balbuceando lo que parecía un «lo siento». Tardé varios años en comprender que no era pudor por lo que temblaba la voz, sino cálculo. Las disculpas eran difíciles para quien, bajo su sotana, escondía un cuerpo curtido por el hambre y la soberbia, y una voluntad endurecida por el ego y la sed de poder.

Media hora después, tras un café que fue más soliloquio que conversación —mitad letanía, mitad interrogatorio—, salimos de la escuela. Yo con un par de garrafas vacías; él, con las manos en los bolsillos y el paso altivo. El vacío en mi estómago era ahora más tangible, como si me hubieran disparado a quemarropa y de la herida solo brotasen apatía y desconfianza, era el mismo disparo que sentí años después, al cerrar por última vez la puerta de nuestra casa.

Durante aquel paseo conocí algunas verdades de Otal: no había tendido eléctrico, ni abastecimiento de agua más allá de dos pozos que solían amenazar con quedar secos en verano, y el médico subía desde Broto una vez al mes, si el tiempo lo permitía.

Aquel día yo era el reflejo de un perro enfermo, arrastrándose más por inercia que por instinto. Con la cabeza gacha. Juzgando aquella plaza no como un destino, sino como un castigo. Como si aquella vida fuera prestada. Como si las casas me observaran con la indiferencia de quien no espera visitas. Con el aire, áspero y distante, mostrándome que no pertenecía allí.

Ahora, mientras repito ese mismo recorrido, no encuentro un lugar más justo que Otal. Lejos de las luces falsas que se disfrazan de estrellas. Del ruido, de las prisas, del egoísmo embotellado en las avenidas. Aquí, aunque las zarzas oculten los muros y los caminos estén tatuados por las reses y las ortigas, hay algo sagrado: el silencio sin máscara. Ese donde el valle respira, incluso ahora. Lo siento en los huesos, en los pliegues de la ropa, en la piel que se encoge al caer la tarde. Su respiración lenta, profunda, casi humana. Quizá en invierno se encierra sobre sí mismo, como una criatura herida que lame su dolor. Pero en primavera se abre, se desborda, y el aire huele a leche tibia y a barro recién roto; al menos cuando Otal respiraba por sus chimeneas.

Tomás avanzaba erguido, saludando a cualquiera que cruzara su mirada, como si necesitara mostrar que la maestra caminaba a su lado. Después de todo, él —tercer hijo de una familia segoviana— había abrazado los hábitos no solo para evitar el hambre, sino por una innata sed de poder. La sotana era, en tiempos de penuria, un uniforme para escalar posiciones. Y él tenía el don de la palabra y el veneno del juicio. Sabía cuándo alzar la voz y cuándo silenciarla. En el fondo, no predicaba fe, sino obediencia. Lo hacía como si la religión fuese una herramienta de orden con la que someter sin tocar.

Aquel primer día apenas levanté la vista del suelo hasta llegar al nogal que bifurca los caminos hacia Ainielle y Bergua. Allí, tu padre —entonces un joven de manos callosas y ojos limpios— tallaba un pedazo de boj, dándole forma de cuchara; seguramente para ser vendido en la feria de otoño de Biescas. Por un instante, su mirada se cruzó con la mía: limpia, franca, como una ráfaga de aire en pleno verano. Aquella mirada me acompañó cada día, sin reservas, hasta que la depresión afiló sus muñecas y la vida se volvió un lugar húmedo, donde el fracaso crece como el moho.

Tras un saludo breve, continuó con su talla. Nosotros seguimos hasta el arroyo. Y fue solo entonces, como si sus ojos hubiesen abierto los míos, que vi el valle en toda su plenitud: los matices rojos y dorados deslizándose por las faldas de las montañas, el serpenteo desnudo de los arroyos como venas de agua. Su piel de piedra. Su pulso maternal flotando en el aire y la luz suspendida como una plegaria sin dueño. Incluso ahora, cuando el silencio es un cráter bajo mis pies y mi respiración casi no llega hasta aquí, ese valle es verdad en mi memoria.

A medida que avanzábamos por el sendero, fijé mi atención en los bancales que surgían entre los árboles: líneas rebeldes desafiando la orografía, como un acto de persistencia grabado en piedra.

—Son prácticamente inútiles —dijo Tomás con desdén—. La tierra es pobre, el clima, duro. Algún nogal, algún manzano, pero poco más. Lo importante aquí es el pasto.

Fue la primera vez que habló sin esconder una intención. Explicó cómo las casas usaban su planta baja como almacén y establo; cómo las vacas, los conejos y las gallinas no solo daban sustento, sino calor. Al llegar al arroyo, varias mujeres y sus hijos cargaban agua en el vado.

Algunas con los dos pies dentro, otras equilibrando uno sobre una piedra. Fue entonces cuando Tomás, como movido por un resorte, empezó a alzar la voz: señalaba cómo debía colocarme, la inclinación correcta, la forma de evitar viajes innecesarios. Más que ayudar, marcaba territorio. Quería que supieran que él mandaba, que yo era nueva, extranjera, inferior. Su tono era el mismo que usaba en misa al hablar del pecado; el mismo que usó años más tarde para apoyar a aquellos que sesgaron la vida en este pueblo.

No sé si fue por orgullo o por desdén, pero agarré las tres garrafas sin mirarlo a los ojos. No pedí ayuda. Las cargué como pude, sintiendo cómo el vacío en mi estómago se inflaba como un globo en la boca de un niño.

Ahora esas mismas manos tiemblan al tocar el agua. Las observo como si no fueran mías, como si fueran ajenas, difusas, desdibujadas. Dos raíces que buscan sostenerse en la corriente que las arrastra. El tacto ya no reconoce el frío ni el cauce; solo el latido vacilante, titubeante, ese latido que es memoria y despedida a la vez.

Este mismo arroyo, ahora cubierto de hojas muertas, apenas susurra lo que fuimos. El agua, antes viva, arrastra la voz de los que se fueron, con un murmullo quebrado que se disuelve entre las piedras y se esconde en la corriente.

Y los recuerdos se han vuelto menguantes, como brasas sin rescoldo, como pájaros que olvidan el camino de regreso; que buscan migajas de pan y ya no las encuentran.

Y el reflejo del agua atraviesa este cuerpo yermo, lo disuelve, lo estira, lo fragmenta en su transparencia y lo devuelve al principio: apenas una imagen vaga, con un rostro que no sé si es el mío.

Y es ahí, entonces, cuando entiendo que el tiempo no pasa, se posa. Pesado, sin decir palabra alguna. Y lo siento en cada músculo, en cada articulación, en la presión de mis hombros contra el aire quieto. Como el polvo sobre las vigas o el musgo que crece lento sobre los tocones. Como esta soledad que se adhiere a la piel y se hace carne. Que respira conmigo y me llama por mi nombre cuando te busco, Alba.

La escuela y el amor

La escuela estaba encajada al final de la calle como un ladrido en mitad del silencio. Revestida de unos muros blancos, duros y sin adornos, que parecían absorber la luz y devolverla envejecida, cansada.

Al segundo de mi llegada, abrí su puerta con una mezcla de vértigo y ternura. Las ventanas, cubiertas de polvo, dejaban pasar una luz tamizada que parecía dudar antes de posarse en los pupitres. Las paredes aún mostraban restos de dibujos torpes, mapas deshilachados, frases incompletas. Y en medio de todo, yo. Con una tiza en una mano y el miedo aferrado en la otra. Me preguntaba cómo sería ser maestra: cómo llenar un espacio tan vacío con palabras, con gestos, con atención; cómo sostener miradas que buscan respuestas y no saben de espera.

Los niños fueron llegando en fila desordenada, de la mano de madres, tías o hermanas mayores. En sus rostros no había curiosidad, sino cautela; no sabían si yo sería una maestra cercana o una intrusa. Me bastó una mañana para aprender sus nombres, y no más de una semana para saber quiénes cuidaban de sus hermanos al salir de clase, quiénes habían dejado de comer carne hacía meses, o quiénes no sabían leer pero podían nombrar cada estrella del firmamento. Cada detalle era un hilo, agradecido, que poco a poco tejía el mapa invisible de sus vidas.

El aula pronto pasó a ser un universo pequeño e intenso, donde el tiempo se medía en respiraciones hondas, en miradas que no sabían mentir y en silencios que se alzaban cuando hablaba de mares lejanos, ciudades desconocidas o trenes que desaparecían en el horizonte. Algunos no sabían si esos nombres eran reales o inventos de los libros. Pero cuando abríamos un cuento, todos escuchaban como si lo que ocurría allí pudiera cambiar su suerte.

Y yo comprendí que en esa entrega y en esa atención, también se encontraba mi propia libertad. Mi propio lugar. Y el miedo y el vacío en el estómago comenzaron a desaparecer. Con cada letra aprendida. Con cada dibujo corregido. En cada trazo sobre la pizarra. Con cada cuaderno abierto. Con cada mirada inocente. Y en su lugar surgió la certeza de que aquel trabajo, aquel instante y aquel lugar, formaban parte de mí.

Y entonces llegó él, de nuevo.

Fue un jueves. Había terminado la jornada y yo me esforzaba por abrir el pestillo de la puerta trasera, cuando lo vi cruzar la plaza con paso seguro. No vestía como los otros hombres del pueblo; tampoco hablaba igual. En sus ojos oscuros había una mezcla extraña de alegría contenida y cansancio acumulado, la misma que vi aquel primer día en el nogal. De sus manos —grandes, curtidas y salvajes— aparecía una cesta de mimbre con nueces, un pañuelo doblado con pan caliente y un cuaderno viejo.

—Me llamo Andrés —dijo, sin rodeos—. He venido a darle esto. Mi hermana me pidió que se lo trajera, es para su clase.

Asentí, agradeciendo el gesto. Como si no lo conociera, como si aquella mirada y aquel saludo debajo del nogal nunca hubiera sucedido. Pero no fue el cuaderno, ni las nueces, ni siquiera el pan lo que se quedó dentro, sino el modo en que dijo «su clase». Como si creyera que todo eso —los pupitres, los niños, las palabras— me perteneciera de verdad.

Durante semanas apareció sin previo aviso. A veces traía herramientas para reparar algo que nadie había pedido arreglar. Otras, una historia que justificaría su visita, aunque el pretexto fuera apenas un hilo. Lo observaba en la distancia, midiendo cada gesto, cada inclinación del cuerpo, cada pausa. Y, sin darme cuenta, empezaba a componer en mi mente una escena que solo el valle podía contemplar desde lejos: él, con su paso lento y firme, yo, inclinada sobre la pizarra, fingiendo sorpresa, procurando que la expresión de mis ojos no me delatara.

No hablaba mucho. Pero cuando lo hacía, sus palabras parecían haber sido pensadas muchas veces antes de salir. Me llevó tiempo saber que era hijo de pastores, nacido en Broto, pero de férreas raíces otalinas. Que había marchado a Zaragoza a estudiar oficios, buscando otra vida, y que de la ciudad solo trajo un puñado de decepciones y unas manos más sabias. Había perdido a sus padres y, tras un fracaso en la ciudad, regresó a Otal para cuidar de su casa y del rebaño. Muchos pensaban que esa elección era una derrota. Yo empecé a entender que en realidad era su manera de resistir al olvido, de no permitir que el mundo borrara los contornos.

Una tarde lo invité a pasar. Estaba intentando reparar un pupitre cojo, y se ofreció a ayudar. Le tendí un vaso de agua, y él se sentó en la cadiera como si siempre hubiese estado allí. En medio del polvo y los libros, me habló de árboles, de maderas, de herramientas. Pero también del miedo a quedarse solo, del futuro incierto, del peso del invierno, de cómo el silencio a veces lo empujaba hacia dentro. Había en su voz una fragilidad callada —la misma que cargamos todos aunque intentemos disfrazarla— que brotaba desde dentro y que me conmovió más que cualquier gesto. Cuando salió, la escuela olía a madera recién lijada y a pan. Me quedé sola en la penumbra, con la sensación de que algo había comenzado a desanudarse.

Los días siguientes fueron pequeños rituales: él llegaba con cualquier excusa y yo fingía asombro. A veces me dejaba una piedra bonita en la repisa. Otras, me escribía notas con frases que no entendía del todo hasta que leía entre líneas. Me hablaba poco, pero me miraba mucho. Y en sus ojos, como un bosque en calma, supe que también él llevaba años esperando a alguien que no juzgara su silencio.

En noviembre, con la primera helada, me invitó a caminar. Luego, a cenar a su casa. Me habló de su madre y de su risa, de la montaña cuando amanece y de la madera que canta al arder. Su voz era un refugio, una hoguera perenne. Esa noche no dormimos juntos. Solo nos sentamos frente al fuego y el silencio. Y en ese silencio cabía todo: el miedo, la esperanza y un deseo contenido que trepaba por la piel como un puñado de acordes sobre una canción dormida.

Yo, que había llegado a Otal buscando un destino provisional, empecé a sentir que aquella cadiera, aquel fogaril, aquella escuela malherida y aquel hombre eran un lugar. Que en el gesto lento de Andrés al encender la chimenea, en su manera de llamarme «maestra» en voz baja, había más amor que en todos los abrazos que me dieron en la ciudad.

En las semanas siguientes se volvió costumbre que, al terminar el día, subiera por el sendero y tocara dos veces el postigo de mi ventana. Ese sonido, era su forma de decir estoy aquí. A veces solo venía a sentarse, con las manos aún tibias del trabajo y la mirada perdida en el fuego. Otras me dejaba dormida con una historia a medio contar, con la voz convirtiéndose en arrullo hasta abrazar la calma. En ocasiones cruzaba la escuela sin hacer ruido, se sentaba a mi lado y se quedaba dormido como si el mundo se hubiera detenido en esas cuatro paredes.

Y en aquel devenir, la vida en Madrid y el rostro de Pablo se fueron desdibujando, mientras la voz de Andrés se volvía centro de todo. La distancia que antes pesaba como un hueco ahora parecía un eco remoto. Irrelevante, frente a la vida que brotaba entre aquellas paredes: frente a los ojos que me devolvían, cada día, la evidencia de estar donde debía estar. Ya no esperaba cartas, ni promesas, ni el futuro brillante que había imaginado. Lo comprendí un día al mirarlo: el amor no siempre avanza, a veces se arraiga. Se asienta silencioso, firme, sin estruendo; como Otal, como todas estas piedras que se niegan a caer aunque nadie las mire.

Una tarde, sin aviso, sucedió. El sol se escondía detrás del monte y el aire olía a tierra mojada. Nos sentamos en el banco de piedra, el de siempre, el que guardaba nuestras risas y silencios. Hablábamos poco —como si las palabras pudieran romper algo sagrado—. Dejamos que el silencio surgiera entre los dos, pesado y dulce al mismo tiempo. Y entonces me miró.

Fue apenas un instante, pero bastó para que el tiempo se detuviera, para que todo lo vivido encontrara su lugar. Su boca rozó la mía con la delicadeza de quien teme despertar un sueño. Y allí, en ese gesto tan simple, algo en mí se encendió. No fue fuego ni tormenta, sino una luz quieta, profunda, una sonrisa que nació por dentro y llenó por completo mi ser; desde ese día supe que hay besos que no se dan en la piel, sino en el alma; besos capaces de anclar un recuerdo, ofrecer certeza, iluminar la memoria y permanecer mucho después de que todo lo demás se haya desvanecido.

Andrés nunca fue un hombre de grandes promesas. Pero en su presencia cabía todo lo que yo había aprendido a desear: respeto, escucha, ternura. Aquel invierno fue cruel en frío, pero dulce en todo lo demás; a veces me sorprendo buscándolo todavía en el olor de la madera vieja; en la manera que tiene la nieve de callar y recordar la ausencia; en el silencio del aula, únicamente roto por el crujir de mis pies, en el banco de piedra, donde nuestros cuerpos alguna vez compartieron calor; debajo del nogal, donde sus manos trabajaron la madera. Lo busco en cada gesto que se repite, en cada luz que se posa en la vida como si fuera su rostro. Lo hago, como un susurro que nunca termina de irse.

No nos llevó tiempo entender que no hacía falta mucho más que el deseo compartido de cuidarnos. Vivíamos con poco, y eso era mucho más que suficiente: el pan aún caliente, las brasas encendidas, las risas de los niños afuera cuando el hielo cedía, el calor compartido o el olor a tierra húmeda que se colaba por las rendijas. Quizá por ello, y por amor, con la llegada de la primavera empaqué mis pocas cosas y me mudé a su casa: una vivienda levantada en la ladera, donde las vigas olían a savia y el viento se colaba por rincones de manera familiar.

Aprendí el ritmo de su vida, el lenguaje callado de los animales, el tacto de la madera recién cortada, el modo en que el amanecer se filtraba por el techo y teñía todo de calma. Compartíamos el cansancio, el silencio y, a veces, esa risa que nace sin motivo y deja un temblor en el pecho, un temblor que dura más allá del instante.

Aprendí, también, que amar también era aprender a respirar al compás del otro, a cuidar del fuego que nos mantenía calientes, a sostener la calma incluso cuando afuera el valle se deshacía en frío. Era leer los gestos, los vacíos y los susurros que no precisan de palabras. Amar era habitar juntos cada instante, como si el mundo se plegara a nuestro ritmo y nos enseñara a no soltarnos, a permanecer, a reconocer que en lo pequeño está lo importante.

Años después, cuando supimos que una nueva vida venía en camino, algo en su mirada cambió. No era miedo, ni alegría, sino una mezcla de ambas cosas: la convicción de que todo lo que amamos puede romperse; como Otal; como nosotros. No fue difícil descubrir que el amor y la fragilidad siempre caminan juntos, y que sostener uno implica aceptar la presencia del otro en toda su complejidad, con sus silencios, sus temores y sus ausencias. Que cuidar del otro significa, al mismo tiempo, abrazar con fuerza y temer a la vez. Y, sin embargo, en esa tensión, en ese equilibrio precario, descubrimos la densidad silente de la felicidad: no la euforia, ni la perfección, sino la seguridad de estar donde debemos estar.

Entonces no lo sabíamos —no podíamos saberlo aún— pero hay amores que nacen como aldeas llenas de vida y terminan convertidos en pueblos vacíos: aún en pie, aún hermosos, pero condenados a sobrevivir entre ruinas.

El año que aprendí a sobrevivir

Durante la última semana de octubre, Otal no dormía. Los burros iban y venían por las calles como si el pueblo entero tuviera prisa por vencer al invierno; mucho antes de que la nieve cubriera los caminos, los pasos de montaña sepultados y el eco del río quedase atrapado. Se sentía en el aire, con ese rumor constante de preparación, de manos que no cesaban, de pasos que parecían urgidos por algo más que el reloj. Ese fue mi primer año viviendo con Andrés. El primero de muchos. El primero donde lo sencillo era paz y verdad.

A menudo observaba ese ajetreo desde la ventana, con la cadiera pegada al fogaril, mientras él tallaba cucharas de boj bajo el nogal. Otras lo hacía cuando los niños repasaban las vocales con voz alta en la plaza, como si quisieran aprenderlas antes de que llegara la nieve. Al principio me sentía ajena a esa coreografía de supervivencia, como quien asiste a un rito que no entiende del todo. Pero bastaron unos días para comprender que aquella feria en Biescas no era solo un mercado: era la línea delgada entre la escasez y la esperanza. Era un latido, que mantenía al valle unido. El último intercambio antes del encierro forzado que traía el invierno.

El pueblo entero se transformaba. Los horarios se estiraban, las comidas se saltaban, el agua se reciclaba una y otra vez para no gastar energías en viajes al río. Nadie se quejaba. Ni una palabra. Se trataba de una economía de gestos y silencios. Todo se aprovechaba, todo tenía su momento y su propósito.

La escuela, por aquellos días, se volvió más aula de vida que de letras. Los niños llegaban somnolientos, con las manos desgastadas de ayudar en casa y las miradas más apagadas que de costumbre. Algunos traían cestas de setas, otros frascos con compotas, y a veces me regalaban pequeños tallos de tomillo o ramitas de laurel que sus abuelas usaban para cocinar o espantar los malos espíritus del invierno. Fue entonces cuando entendí que enseñar no era solo leer y escribir. Que las vocales, los números y los dictados eran apenas un abrigo ligero frente al verdadero aprendizaje: sobrevivir a la escasez y no quebrarse ante la llegada del frío.

Y quizá por eso sigo aquí. Porque aquella lección, también me enseñó a resistir. La misma que trato de mantener ahora, entre estas ruinas. La misma fuerza que entonces mantenía el fuego de los hogares es la que trato de preservar ahora, entre estas ruinas. La misma que tiembla cuando el viento se cuela por las ventanas rotas y hace danzar las sombras por las paredes vacías. A veces creo que sobrevive solo por costumbre, sostenida a los días donde bastaba una lumbre para encender el frío y una mirada para entenderlo todo; hoy esa llama apenas respira, como si se aferrase a su propio temblor para recordar más de lo que ilumina.

Al caer la noche, Otal se sumía en un silencio tan profundo que parecía abrazarnos. El fuego era el único sonido vivo, junto al crujido lento de la madera. En la oscuridad, escuchaba los suspiros de Andrés cuando se quitaba las botas, en un gesto lento, como si al hacerlo se despojara del peso del día. Lo hacía sin hablar, para después sentarse a los pies de la cama y seguir tallando con prudencia. A veces me tomaba la mano. Otras, bastaba el calor del otro para saber que todo estaba bien. Y en ese acto tan sencillo y cotidiano cabían todas las promesas de un mundo que aún no sabíamos que podía quebrarse; y al recordarlo, entiendo que la vida no se mide en los grandes días, sino en los instantes minúsculos donde todo parece quieto y, sin embargo, late.

El día de la partida hacia Biescas, antes del amanecer, observé por primera vez esa escena que tanto me habían contado. Linternas balanceándose por las calles, como estrellas errantes que se negaban a apagarse. Hombres y mujeres con las espaldas cargadas, las piernas flacas y los rostros cubiertos por una determinación que no admitía duda. El aire olía a humo y a café recién hecho, y las alpargatas y los cascos de los mulos sobre los senderos rompían el silencio de la noche. Cada uno avanzaba sabiendo que la jornada sería larga, dura, quizá infructuosa, pero también sabiendo que no había otra opción. Que no era solo trabajo, sino supervivencia.

Aquella noche Andrés marchó con su mulo y una cesta al hombro, cargada de cucharas y otros utensilios de cocina que había tallado para la feria. Me besó la frente y dijo:

—Volveré con pan, si la suerte me quiere.

Y sonrió. Esa sonrisa. Siempre limpia. Siempre cierta. Mientras, se alejaba entre la neblina, con el paso seguro de quien confía en la tierra. Desde la ventana vi cómo las linternas se apagaban, una a una, y todo quedaba suspendido: el humo, la luz, el frío. Incluso yo, de pie, en ese umbral.

Durante dos días, Otal siguió, pero en pausa. Como si el pueblo mismo contuviera la respiración. Como si no quisiera malgastar su energía para protegerse del frío, como una especie de esqueleto de piedra. Los caminos quedaron vanos. Las sombras se recogieron sobre sí mismas y el humo de las chimeneas subió recto, como si el viento también hubiera marchado. El silencio, en cambio, aumentó tanto su peso que dolía hasta en los huesos. Y con cada respiración se sentía la ausencia de los cuerpos que faltaban. Incluso las campanas —esas que siempre marcaban la vida— parecían callar.

Yo me refugié en la casa. Escribí mucho y caminé poco. Lo hacía sin propósito, solo para escuchar el roce del lápiz y sentir que algo todavía respondía al gesto de mi mano. El frío comenzaba a crujir en el techo, y cada tabla parecía quejarse de la pronta llegada del invierno, como si tuviera memoria de su carga. El humo de la lumbre solía quedarse suspendido en las vigas, como si también tuviera miedo de marcharse. Yo no paraba de pensar en tu padre. En todos ellos, atravesando el valle como sombras obstinadas. Empujados por la necesidad y sostenidos por la fe: en una vida posible, en un hogar al volver y un calor humilde al amparo de un fogaril;

Cuando regresaron, lo hicieron de noche. Las linternas volvían como luciérnagas sin mapa, titilando entre la neblina que cubría el valle. Se oían suspiros detrás de las puertas, risas ahogadas, algún llanto que se confundía con la vuelta del viento. Y, pese a todo, el pueblo se llenó de otro tipo de silencio. De alivio. De respiro. De promesa. Como si, al dejar los sacos en los almacenes, la vida volviese a ser posible por un año más. Como si el valle por fin pudiera descansar tranquilo.

Andrés entró por la puerta con el rostro encendido por el frío, la piel mordida por el aire del norte y una hogaza entre las manos.

—No ha ido mal —dijo—. He cambiado las cucharas por compota, harina, algo de tocino... y me han dado esto—. Y sacó un dedal de cobre de su bolsillo. Pequeño, brillante y torcido por el uso, pero que en su mano parecía tan vivo como su sonrisa.

—¿Y esto?

—Para ti. Dicen que trae suerte —añadió.

Y lo tomé entre los dedos. Aún estaba tibio, como si guardara el calor del viaje. Y esa noche, el fuego ardió más lento, más quieto, como si él también quisiera ser parte del momento. Y, mientras Andrés me hablaba de la feria, de sus trueques y de los rostros desconocidos que, por unas horas, le habían recordado que el mundo aún existía más allá de estas montañas, yo deslizaba mis manos entorno a ese dedal, sintiendo cómo la vida, por fin, tenía una forma concreta, aunque fuera pequeña y de metal.

Poco tiempo después llegaría el invierno. Sin entender las fechas exactas. Sin pedir permiso, con su filo helado y su promesa de vasto silencio. El viento bajaba del monte como un animal cansado, arrastrando consigo los últimos colores del otoño, para plegar el valle sobre sí mismo y las ramas de los árboles tan rígidas como las manos endurecidas de tu padre. Las casas cerraron los postigos como párpados pesados, y los caminos comenzaron a borrarse bajo la primera escarcha.

Pronto las calles quedaron vacías, las voces se apagaron detrás de las ventanas, y el mundo quedó recogido hasta caber dentro de una chimenea encendida. Incluso la escuela parecía vivir entre tiritonas. Las pizarras sudaban humedad, los pupitres olían a leña vieja y la tiza se rompía sin esfuerzo.

Los días se hacían más cortos y las noches más largas; el frío se metía por las rendijas y hasta el corazón parecía buscar abrigo.

—El invierno prueba la fe —solía decir Lorenza.

Pero era mucho más que eso. Te hacía entender que el silencio también pesa, que la soledad no siempre duele, pero cala. Que resistir, a veces, era simplemente seguir encendiendo el fuego, aunque el humo no saliera recto. El pueblo, aislado entre montañas, aprendía cada año a sobrevivir al mismo ritual: racionar la leña, cuidar los animales, compartir el pan y las historias que mantenían viva la memoria. Y entre esas llamas, las voces se volvían más hondas y humanas, como si el frío obligara a hablar desde el alma. Incluso el viento helado parecía respetar aquel pequeño espacio de calor y cercanía, como si entendiera que, mientras las llamas ardieran, la vida aún podía sostenerse.

Y, sin embargo, en medio de ese frío interminable, había una belleza escondida. El valle dormía bajo su manta blanca, como si la tierra misma necesitara un descanso profundo. Las montañas, inmóviles, guardaban el secreto de lo que estaba por venir. Y yo veía desde la ventana la nieve caer desde los tejados: sin ruido, lenta, paciente. Cada copo, uno a uno. Observando, al igual que hoy, cómo en su descenso el tiempo flotaba y la respiración se hacía más tangible.

Hasta que un día —sin anuncio, sin ruido— el hielo comenzó a rendirse. Primero fueron los tejados, luego los caminos. El aire cambió: olía distinto, más dulce, más vivo. El río, que llevaba meses mudo, volvió a cantar entre las piedras, y algún almendro se atrevió a florecer como quien abre el pecho después de un largo silencio.

La primavera cubrió el valle con un manto nuevo y tibio. Y fue entonces cuando comprendí que todo lo vivido —el frío, la espera, la fatiga— había sido el precio necesario para sentir la luz con una intensidad que antes me habría resultado imposible. Cada color, cada aroma, cada canto de pájaro, parecía abrirse ante mí al igual que los trazos de un niño en un folio en blanco.

Ese año lo sobrevivimos. Como tantos otros. Pero fue distinto. Algo dentro de mí comenzó a echar raíces. Ya no era la maestra de Otal, sino Clara, la que se sentaba al lado de la cadiera girada, la que caminaba hasta el río sin torcer el tobillo, la que hacía conservas con las mujeres del pueblo, la que reía cuando el rebaño se escapaba por la vaguada. La que amaba a un hombre de manos grandes y silencios aún mayores; y encontraba en ellos un refugio que no sabía podía existir.

La que, sin saberlo aún, pronto llevaría dentro a Alba. A ti. Y en ese futuro que aún no se había mostrado, sentí que la vida podía ser sencilla y plena a la vez. Y lo siento ahora al ver tu sombra proyectándose en la pared. Estirándose y encogiéndose al compás de la luz. En ese juego silencioso de claridad y oscuridad, mientras tu cuerpo teje el silencio de la habitación y de mi pecho, como si ambos fueran uno. Como si la vida aún pudiera abrirse paso entre las ruinas.

El rumor del río

Hace días que los pájaros no se dejan caer por mi lado. No queda pan en la alacena —ni manos que lo ofrezcan—, pero sospecho que no es hambre lo que me empuja: es un vacío que se ciñe al estómago, como un cinturón demasiado estrecho después de una mala digestión.

Los paseos desde la casa de Andrés hacia la escuela se sienten más pesados, más largos, como si el valle se hubiera estirado mientras dormía, y cada piedra y cada curva del camino cargara su propio peso de tiempo y memoria. En ese silencio que ahora me acompaña, pienso en aquellas lágrimas que, hace no tanto, se perdían entre la marabunta del metro de Barcelona, sin que nadie las recogiera ni las notara. Y comprendo que, en ambos lugares, y de maneras distintas, la soledad termina por encontrarme: lenta, persistente, insinuándose hasta quedarse en los huesos.

El frío se esparce como las líneas del invierno por el valle, envolviendo todo lo que aún se refleja en mis ojos: el campanario alzándose a duras penas hacia el cielo; el banco de piedra colmado de musgo en la plaza; la naturaleza crepitando por el horizonte desde el nogal. Todo parece al alcance de mi mano, pero ese vacío me advierte que no es más que un puñado de recuerdos con el ala rota; recuerdos que tiemblan al menor soplo de viento y que, a pesar de su fragilidad, se niegan a desaparecer del todo.

Cada mañana, al acercarme a la escuela, esa sensación se agranda. Y un acto reflejo me hace cerrar los ojos, como lo haría un hipocondríaco al notar el corazón acelerado. Como si los miedos me hubieran atrapado y la pena cayese por la espalda del mismo modo que el paso del tiempo por los tejados: lenta, silenciosa, constante. Casi con hastío. Dispuesta a recordarme que aquel primer beso en el banco de piedra se evaporó; que Otal ya no es un pueblo, sino un eco; que, tal vez, nunca llegamos a tener una vida aquí.

Hoy he pasado de largo otra vez. Incapaz de escribir en la pizarra la fecha que habito. En lugar de eso, he seguido el sendero hacia el barranco de Artosa. Hace días que me aferro a las tareas cotidianas como quien espanta el vacío; quizá del mismo modo que una paloma buscando anidar sobre la sombra de una terraza olvidada. Me refugio en lo pequeño, en lo práctico, en lo repetido. Quizá así, en medio de este caos, aún queda algo de vida.

La senda sigue ahí, aunque más herida por el tiempo. Zarzas entrelazadas mostrando orgullosas sus espinas, árboles tratando de echar raíces donde antes solo había paso, muros de terraza vencidos que ocupan parte del camino. Cualquier caminante sensato buscaría un atajo; yo no. Yo me mantengo fiel al sendero, como si fuera mi única suerte. No importa que las espinas trepen por mis piernas ni que se agarren a mi costado para dejar, en su despedida, una gota de sangre. Podría decir que espero ese momento. Y también que no me importa. No por ansia de castigo —la vida ya se encargó de eso—, sino por necesidad de sentirme parte de este lugar. De este cuerpo. De esta tierra. Lejos de una residencia blanca y sin ruido donde postrar los sueños.

Al oír el rumor del río, siento que el camino aún guarda nuestras huellas. Que todo fue verdad. Que no importa el tiempo transcurrido desde aquel primer beso. Y por un instante, la corriente parece pronunciar nuestros nombres, y el aire huele igual que entonces: a boj, a leña húmeda, a promesa. Pero el espejismo se disuelve cuando me veo reflejada en el agua. Las arrugas de mi rostro son ahora puente entre lo que fui y lo que soy. Y la corriente, infatigable, se lleva los recuerdos como si fueran ramas secas.

Entonces vuelve el silencio. Ese que grita sin voz. El de la ausencia. El de la incertidumbre. El del vacío que sigue ahí, anidado en mi estómago, sin ceder, sin compasión. Se trata de un silencio que parece tener cuerpo, que se acomoda a mi lado, late conmigo y observa mi rostro como si conociera todos mis secretos.

Y entonces, sí, recuerdo el día exacto en que Otal comenzó a desmoronarse.

El rumor del río llegó el veinte de octubre del setenta y uno. Con él, un par de hombres escoltados por el padre Tomás. Las campanas sonaban como si el cielo los bendijera, aunque todos sabíamos que no llamaban a misa. Ni a procesión. Ni a fiesta patronal. Nos reclamaban para una reunión improvisada en la explanada de San Miguel; con un propósito que no hablaría de salvación, sino de condena. A ella solo debían asistir los hombres de cada casa. Las mujeres, ya se sabe —entonces y aún hoy para muchos—, fuimos testigos mudos, sombras detrás de los visillos.

Nadie los esperaba. Ni sus zapatos manchados de barro y boñiga. Ni sus trajes que aquí, entre polvo y viento, parecían un mal disfraz. Pero ahí estaban. Un par de hombres de mediana estatura, disfrazados de emisarios, con el alma ya vendida a los sellos y los planos. Buscando imponer su razón. Sobre la nuestra. La del monte. La del agua. La de los ciclos. La del valle.

Y allí, a su lado, Tomás. Nuestro cura. Nuestro confidente. El hombre que había bautizado a medio pueblo y enterrado a otro medio. Erguido. Con una expresión de solemnidad: la del que sabe pero calla; la del que prepara el terreno para el arado ajeno.

—Hijos míos —dijo con esa voz que había consolado a tantos—, dios nos pone a prueba con los cambios. Y por eso hay proyectos que están por encima de nosotros. Que traen prosperidad a la tierra.

Luego, los emisarios tomaron la palabra. Hablaron de ingeniería, de progreso, de reubicación y compensación económica, de una presa que se levantaría sobre el barranco de Artosa; justo allí, donde hoy se reflejan mis arrugas. Lo hicieron con términos fríos. Con números y mediciones, como si la vida pudiera medirse en toneladas de cemento.

La noticia cayó como una piedra en mitad de la plaza. Seca. Ruidosa. Pesada para el pecho. Algunos replicaron. Sí. Pero fue una chispa sin madera. Otros callaron, como Arilla, el del horno, que cuando quiso hablar fue atropellado por las palabras de Tomás.

—No nos enfrentemos al orden establecido. A veces, para que una vida nazca, otra debe entregarse.

Y por si había dudas, los emisarios mencionaron una empresa eléctrica asociada al poder. Y ya no hizo falta más. Ni gritos, ni órdenes, ni armas. Esa advertencia fue suficiente para deslizarse como un cuchillo por el aire. Y entonces entendimos que la libertad, si es que alguna vez existió, se desvanece en la línea exacta donde comienza el interés económico.

Nuestras vidas valían unas cuantas monedas. O mejor dicho: nuestras casas. Todo lo que éramos —los nacimientos, los entierros, las risas en la plaza o las cosechas mínimas— se reducían a hectáreas, a papeles firmados lejos de aquí. Nada importaba la dignidad que cada uno carga en el pecho, si es que algunos la portan.

Y así, el silencio invadió Otal con su marcha. Como si alguien hubiera apagado la lumbre sin aviso. No como una visita pasajera, sino como una enfermedad. Hasta el fogaril parecía arder con pudor, como si supiera que pronto no tendría a quién calentar. Fue un silencio distinto al de los inviernos: más denso, más definitivo.

Esa misma sensación aún persiste aquí. En cada sombra, en cada átomo de luz que da un paso atrás con prudencia. Como un espectro rondando entre muros caídos, respirando lento, dejando su aliento frío sobre la piedra. Y reconozco su eco en mi pecho. Ese marchitar lento, como las hojas del otoño que nadie recoge. Esa culpa inexplicable. Esa tristeza que ni los años ni las palabras logran deshacer. La sensación de haber traicionado algo —quizá a la tierra, quizá a los que se quedaron— incluso sin haber tenido elección.

Pero cada noche, y al menos por un instante, vuestras sombras se dibujan en la cadiera. A veces me parece escuchar el crujido de tus pasos sobre la madera, o el roce leve de tu padre en mi nuca. Otras, siento que el fuego se enciende solo, como si alguien aún cuidara del hogar desde algún rincón secreto del tiempo.

Y entonces todo duele un poco menos. Porque me aferro a eso. A lo que fue. A lo que pudo haber sido. A lo que aún persiste, aunque sea solo en forma de suspiro. Porque hay promesas que no entienden de muerte. Ni de abandono. Ni de tiempo.

Y aunque el mundo siga girando, o la memoria se desgaste y los nombres se me escapen como agua entre los dedos, tú, hija, sigues aquí. En este silencio que a veces me asfixia, pero también me abraza. Lejos de la tragedia. Lejos del olvido. Como si hubiese lugares, personas y despedidas que nunca, nunca, terminan de decir adiós.

El éxodo

El silencio del éxodo comenzó a respirarse al marchar aquellos hombres. Al principio apenas un murmullo, una pausa en las conversaciones o un escalofrío en las manos al cerrar las puertas. Nadie hablaba de marcharse, pero todos lo pensaban. Hasta que los primeros dejaron atrás Otal, y pronto marcharse se volvió costumbre; hasta que un ritual silencioso dejaba apenas un hilo de humo danzando por las chimeneas.

La primera casa que quedó atrás fue la de los Bescos, gente mayor con la vida recogida en unas pocas mantas, cargadas sobre el lomo del mulo. Se fueron al amanecer, sin despedidas, como si así doliera menos. Nadie los vio marchar, pero el sonido de sus pasos sobre la escarcha bastó para que todo el pueblo despertara. Luego vinieron los Arilla, los del horno, con su harina aún en el delantal y los ojos empañados por una tristeza espesa. Dejaron las puertas entornadas, la masa sin cocer sobre la mesa y las brasas todavía vivas en el hogar. Partieron sin volver la vista atrás, puede que por miedo a quedar convertidos en piedra, atrapados para siempre entre el humo y la memoria de la casa.

Y así, una a una, las casas fueron quedando vacías, en silencio, como si el corazón del pueblo se apagara por habitaciones. Y las calles tomaron un pulso lento, invisible, que contenía la respiración al igual que un enfermo que sabe que la noche será larga.

Unas salidas fueron a la luz del día, otras por la noche, a escondidas, como si avergonzara rendirse. Pero cada marcha era un hueco que no tardaba en ensancharse. Una puerta entornada que crujía el viento. Una ventana abierta que filtraba el frío y el polvo. Una vasija olvidada en el brocal del pozo. Una ausencia que no se podía nombrar, pero que dolía más al no encontrar voz que la gritara.

Andrés miraba cada partida con el gesto endurecido y las manos apretadas, como si en aquel puñado de piel y huesos aún pudiera retener algo de lo que se escapaba. No decía nada, pero esa falta de palabras no era más que una forma de duelo. En su mirada se mezclaba la rabia y la impotencia. Yo lo observaba sin saber cómo romper ese muro: sintiendo que cualquier palabra mía podía ser una ofensa, una torpeza frente al dolor de su herida abierta. A veces alargaba la mano para posarla en su hombro, pero la retiraba antes de tocarlo. Y entonces me quedaba cerca, lo bastante como para sentir su calor, pero no para invadir su duelo. En ocasiones le servía un poco más de vino fingiendo que era rutina, aunque en realidad buscase que nuestros dedos se rozasen. O arreglaba el leño del fogaril, solo para no quedarme quieta, y que el movimiento me salvara del impulso de abrazarlo sin sentirme torpe.

Los otalinos comenzaron a mirarse distinto. Los que aún resistíamos nos sentimos traicionados por los que marchaban; los que se iban, con la culpa de dejar atrás a los que se quedaban. Cada encuentro en la plaza y cada cruce en las angostas calles, estaba teñido de una tensión sorda. Las miradas se volvían breves, huidizas, tensas, como una soga a la intemperie que es estirada por sus extremos. Nadie encontraba las palabras adecuadas, y en su lugar surgían sonrisas forzadas, respiraciones que se contenían, manos que se cerraban sobre los bolsillos y hombros que se encogían; tal vez porque el idioma de la despedida y los sentimientos no se enseña, y el del desarraigo duele con tan solo abandonar la boca.

El padre Tomás hablaba casi a diario, repitiendo que marchar no era pecado, que Dios no abandona a los que buscan un futuro mejor. Su voz resonaba hueca al rebotar contra las paredes de una iglesia cada vez más vacía. Con los bancos acumulando polvo y las velas consumiéndose en su propia cera por carecer de manos que las encendieran. Algunos lo escuchaban con cierto alivio, como si en sus palabras hallaran la absolución para irse sin culpa. Pero otros, como tu padre, sentían en el pecho perfidia. No por su sermón, sino por lo que callaba; por su alianza silenciosa con los hombres del poder, por esa manera de vestir de consuelo lo que en verdad era traición y abandono.

Y así, poco a poco, Otal empezó a desangrarse. Como si el sol ya no calentara igual. Como si las raíces hubieran dejado de sostener las casas. Como si el alma del pueblo comenzara a retirarse hacia los picos que lo rodeaban, despacio, resignada, con la dignidad de quien no quiere que lo vean caer, hasta que de ella solo se adivina una ligera estela, casi etérea, que se escapaba entre los muros y los bancales.

Los días se acortaban y la luz solo se dejaba ver en los rincones más polvorientos. El viento pasaba entre las casas como un visitante curioso, abriendo postigos y encontrando la sombra de lo que fuimos: los juguetes olvidados, los muebles cubiertos de desdén, los cuadernos cerrados para no volver.

Las calles se enredaban las unas con las otras, atrapando cada lamento silencioso, como si Otal llorase su propia pérdida. El aire mismo olía a abandono y se hacía difícil de respirar. Hasta el agua del arroyo arrastraba entre sus corrientes abulia y apatía, como si el río, harto de ser testigo y causante, quisiera llevarse consigo el recuerdo de los pasos, las risas y las voces de quienes habían marchado.

Hoy el pueblo recuerda esa forma lenta de marchitar. No en palabras, ni siquiera en las ruinas que el tiempo ha dejado en algunos casos a medio caer, sino en el aire que se cuela por las rendijas y huele a humo viejo, a madera podrida y a años que nadie reclamó. En las calles, exhaustas de soportar el paso de los días sin que nunca pase nada. En la luz que choca y se mece sobre los muros caídos, como un par de párpados cansados, intentando sostener un mundo que ya no recuerda quién es.

Y aquí, en esta casa que aún resiste, el fuego dibuja en la pared vuestras sombras. La tuya, hija, y la del hombre que amé. Tan vivas y tan frágiles, que parecen explicar todo: que Otal ya solo sabe vivir así, en la penumbra, entre la memoria de los que partieron y el silencio de los que quedaron. Sin un pulso claro. Ajeno al ritmo de los días que fueron. Y quizá sea así. Quizá Otal solo exista en esos fragmentos de luz y sombra, donde el tiempo se pliega y el recuerdo se hace presente.

Pero, cerca del fogaril, siento cómo el pueblo respira. Como si vuestras sombras también supieran lo que yo sé: que hay cosas que no mueren, que se transforman, que aprenden a doler en silencio, y que a veces nos permiten, por un instante, tocarlas de nuevo y sentir que aún viven dentro de nosotros.

Golondrinas en la noche

Las campanas surcaron Otal como golondrinas en la noche. Alocadas. Sin descanso. Trazando un vuelo enérgico que alcanzaba hasta los rincones más olvidados del valle; quizá no solo para advertir del peligro, sino también para comenzar a despedirse de nosotros, de nuestras voces, de nuestras vidas pequeñas que, por un instante, creyeron perdurar.

El humo ya se había filtrado por los muros y el resplandor anaranjado del fuego salpicaba la ventana del dormitorio, dibujando sombras danzantes sobre las fachadas como fantasmas que buscan un último abrazo. Tú llevabas cinco meses en mi vientre. Y aunque sabía que sería un estorbo —como bien dejó claro tu padre antes de abandonar la cama y salir corriendo—, necesitaba ver con mis propios ojos lo que estaba ocurriendo.

Bajé a la calle asegurando cada paso, como quien camina por una afilada arista. Con un corazón que latía desbocado y golpeaba las costillas, y unos pulmones que se alimentaban, sin remedio, de aquel humo denso. Afuera, las llamas saltaban por encima de las casas como si el fuego hubiese cobrado vida propia. Se alimentaban del eco de los gritos, del tintineo metálico de los baldes de quienes corrían al río o a los pozos, y de quienes regresaban con el agua rebosando; un sonido caótico y persistente que aún resuena cuando cierro los ojos.

No fue difícil encontrar el origen del incendio. Solo tuve que seguir el ir y venir desesperado de los vecinos, que se movían como un ejército de hormigas hambrientas al descubrir un mendrugo de pan. Hombres y mujeres se turnaban para empapar las fachadas y el suelo. Lanzaban agua desde los tejados, desde las ventanas y con cualquier cubo o barreño que encontraban a mano. Pero, en cuestión de segundos, el agua formaba nubes de vapor que se mezclaban con el humo, con el olor acre de madera quemada y paja chamuscada, creando un aire que quemaba los pulmones y hacía llorar los ojos.

Y cuando el agua escaseaba, el miedo se hacía palpable. Algunos intentaban sofocar las llamas con mantas, de manera desesperada, aferrándose a la esperanza de detener lo incontenible. Otros gritaban, otros lloraban, y todos sabíamos que era una batalla desigual. Entonces el calor se aceleraba y quemaba en la piel, como si también quisiera devorarnos. Por suerte —o como aviso de lo que vendría— los Bescos habían abandonado su casa el día anterior. Su ausencia, que en cualquier otra circunstancia habría sido dolorosa, se convirtió en un alivio agridulce.

En algún momento, el agotamiento pesó más que el miedo. Sentí que algo me tiraba hacia el suelo. Mi cuerpo se estremeció, como si el fuego también se hubiera prendido dentro de mí. Aún faltaban muchas semanas para tu llegada, pero tú parecías tener otros planes. Me arrastré hasta el banco de la plaza del ayuntamiento —ese en el que tu padre y yo nos besamos por primera vez—. Volvía a faltarme el aire, el pecho me latía con violencia, pero esta vez el temblor en las piernas era distinto, casi cíclico, acompañado de una punzada fina y persistente en el vientre.

A mi alrededor el caos avanzaba libre: los gritos, el tintineo de los baldes, las campanas. Todo parecía mezclarse con mis propios jadeos y, por un instante, el mundo entero fue un único lamento, acompasado como las ramas de boj al moverse entre las piedras de las fachadas.

Fue entonces cuando una mano firme agarró mi brazo y me levantó sin decir una palabra. Al alzar la vista, encontré los ojos de Lorenza, la curandera. La que hacía de médico cuando el verdadero no llegaba. Su expresión no necesitó preguntas. Quizá mi rostro, y el peso del silencio que me doblaba, ya le habían dicho todo.

Como pudo me guio hasta su casa. Cincuenta metros a través del humo, los gritos, y el vuelo frenético de las campanas. Avancé como lo hacen las hojas del nogal al desprenderse en otoño: por inercia, sin capacidad de decisión, arrastrada por lo inevitable.

Dentro, con el olor a leña quemada instalado en las paredes y el cansancio colgando de sus hombros, me sentó junto a la ventana. Sentí sus manos ásperas, curtidas por el tiempo, revisando mi pulso, la respiración y el vientre.

—No es el momento— murmuró para sí misma.

Después me miró a los ojos, más firme, más madre que curandera. Y dijo que enfrentaríamos lo que viniera. Yo solo pude asentir, cada vez más consciente de que las contracciones eran más parecidas a la brisa de montaña que precede al temporal.

El miedo se me agarró a la garganta, y no podía dejar de pensar en ti: en lo frágil que aún eras y en lo inhóspito que podía ser este mundo si llegabas aquella noche; desde entonces, a decir verdad, el mundo no dejó de parecerme un lugar frío y desapacible.

Lorenza fue a buscar agua caliente, paños, algún ungüento. Yo me quedé sola, con la mirada perdida por la ventana. Vi a Juan, tiznado hasta los párpados, con la camisa tan desgarrada como su rostro. Tras él, una mujer con un niño en brazos, cubiertos ambos de hollín, como si hubieran emergido de las mismas brasas. La vida seguía, incluso en medio del desastre. Quizá porque no había otra opción.

Entonces, una explosión sacudió la noche. Imaginé el tejado de los Bescos cediendo e iluminando por un instante las caras aterradas en la calle. Pero mi respiración se detuvo no por el estruendo, sino por la punzada que me atravesó el vientre, más aguda, más voraz.

Apreté los dientes. Gimoteé el nombre de Lorenza.

—Respira, niña, respira —me dijo, con voz firme, mientras me colocaba un paño frío sobre la frente y se endurecía su rostro—. Aún podemos detenerlo —añadió, acariciándome el pelo.

Pero el tiempo ya no obedecía. Las campanas seguían su vuelo eterno. Los gritos eran un río incontenible. Y yo, suspendida en esa noche sin fin, solo podía aferrarme a la esperanza de que tú permanecieras donde debías estar. Al menos, un poco más.

Ahora, mientras las sombras danzan en las paredes y el fogaril resiste con su último aliento de brasa, vuelvo a aquel instante. A ese escalofrío que me atravesó el cuerpo.

Y su eco sigue aquí. Atrapado en las piedras. En mis huesos. En este humo que sigue ascendiendo para dibujar en la pared tu sombra. A veces creo reconocer en ella tus manos pequeñas, tu forma de moverte en el vientre o la silueta de tu padre huyendo por la calle mientras el cielo ardía.

Todo vuelve, aunque no pese igual.

El día en el que se detuvo la vida

La madrugada llegó sin aviso, arrastrando un frío que calaba hasta los huesos. Lorenza había hecho todo lo posible, pero sus manos —tan acostumbradas a remendar vidas— no pudieron evitar lo inevitable. No hubo gritos. No hubo llanto. Solo un silencio roto por el repiqueteo incansable de las campanas, como el eco de algo que debía enterrarse junto a la noche.

Y fue entonces cuando la alegría de vivir se detuvo, primero en mi pecho, luego en el de tu padre. Como el humo de aquel incendio que ascendía hasta perderse entre las nubes; como estas calles, donde el silencio carcome las esquinas, empeñado en recordarnos que han sido olvidadas.

No sé en qué momento supe que ya no estabas. Tal vez fue cuando la punzada en el vientre cesó de golpe, dejando un vacío helado. O quizá cuando Lorenza me miró sin decir una palabra, con esa mezcla de compasión y resignación que solo ella podía sostener. En sus ojos estaba la certeza de una vida que no alcanzó a ser. Entonces llegaron las lágrimas, a borbotones, como si alguien hubiese abierto una herida en mi pecho y esta supiera por dónde salir.

Tu padre llegó al amanecer, cubierto de hollín y con las manos temblorosas. Al principio parecía no entender qué hacía allí, en la casa de Lorenza. Pero la realidad se le echó encima con la violencia de quien no golpea, sino arrebata. No pronunció palabra. Solo se quedó de pie, frente a la cama, con los ojos clavados en mis manos vacías. Y luego se fue, sin que su garganta encontrase forma de decir lo que ni siquiera él comprendía.

Lo vi alejarse desde la ventana, caminando como un cuerpo que no sabe a dónde va. Como si ya no fuera él. Como si hubiese empezado a andar hacia un borde del que no se regresa.

Los días siguientes fueron un borrón. Como si el mundo se hubiera deslizado hacia un abismo sin fondo. Las cenizas aún flotaban en el aire, posándose sobre las losas, los marcos de las ventanas, los hombros encorvados de quienes aún quedaban. El humo se había disipado, sí, pero su olor seguía atrapado en los muros, en la ropa, en la garganta de los que caminaban sin rumbo por un pueblo que empezaba a parecerse demasiado a un cadáver.

Y entonces, sin pudor ni disfraz, vino la confirmación por parte del padre Tomás. No entre los escombros de la casa Bescos, sino desde el púlpito, bajo la bóveda que aún olía a incienso y humedad. Lo dijo en voz baja y sin titubeo, con esa frialdad que solo tienen los que ya no ven en el otro a un igual.

—Fueron ellos —anunció—. Los hombres de la presa. Los de las botas hundidas en el barro y las manos sucias. Los mismos que unos días antes habían marchado por el valle como si fueran heraldos de una nueva era. Querían dar un escarmiento —justificó el padre Tomás. Con un tono neutro. El tono de quien dicta y no confiesa.

Y entonces comprendimos que para ellos, y para él, el fuego era una sola herramienta. Parte del diseño de la presa. Un cálculo en la ecuación del progreso. Como si quemar una casa fuera lo mismo que trazar una línea en un plano. Como si la fe y el dinero hubieran sellado un pacto secreto. Como si, al amparo del altar, el pecado dejara de tener nombre y el arrepentimiento se hubiera vuelto un lujo de los pobres.

—Esto ha sido solo el principio —dijo después con una pose tiesa—. Otal desaparecerá. Pronto el agua cubrirá los campos, las huertas, las tumbas, los recuerdos—. Y cada palabra suya pesaba más que las piedras del campanario—. Si no aceptáis, la empresa acelerará los trámites —concluyó.

No se trataba del discurso, sino del miedo. Más fuerte. Más lógico. Más primitivo. De saber que no podíamos ganar. De conocer que aquello no era una lucha justa. Ni siquiera era una lucha, era una sentencia. Una limpieza disfrazada de orden, donde a nosotros solo nos quedaba elegir: morir con el pueblo, o intentar salvar lo que pudiéramos de él en la memoria.

Ahora, mientras el fuego chisporrotea en el fogaril y vuestras sombras bailan sobre las paredes desconchadas, me pregunto si realmente alguna vez Dios estuvo aquí. Si miró por nosotros. Si sabe que aquí ya no tiene voz ni templo, que el tejado de la iglesia está lleno de goteras y las pinturas de sus paredes de humedades. Que las campanas ya no repiquetean.

A veces quiero pensar que los dioses también se cansas de los hombres. Que, hastiados de nuestras súplicas y mezquindades, se retiran a las montes, donde el silencio es más puro y nadie los llama por interés; quizá por ello este valle esté tan quieto, quizá, entre las piedras y las vigas carcomidas, solo esperan que alguien vuelva a creer sin pedir nada a cambio.

Pero no es mi caso. Yo no. Yo ya no pido. Solo observo el fuego consumirse. Lento, al igual que el tiempo. Y en ese crepitar reconozco una oración sin palabras y una plegaria a lo que queda: la tierra, la memoria, las ruinas. Tú, Alba. Tu padre. Esa es mi fe. No en el cielo ni en las iglesias, sino en lo que arde y duele. En lo que todavía, pese a todo, sigue vivo.

El invierno cercado

Durante las siguientes semanas nos cercaron con la precisión de los ingenieros y la crueldad de quien se sabe impune. Cortaron el acceso al molino, donde aún bajábamos a moler el grano que quedaba, para arrebatarnos la sensación de autosuficiencia. Desviaron el curso del agua de los arroyos, como si así pudieran desviar el cauce de nuestras vidas. Levantaron montículos de tierra sobre los caminos, y colocaron máquinas enormes, con brazos enormes, para intentar borrar las sendas que llevaban siglos respirando, para hacernos saber que nuestra historia ya no tenía derecho a caminar por ellos.

Querían agotarnos. Alcanzar la fragilidad de nuestros pechos. Erosionar nuestro interior, como el río que con paciencia deshace la piedra: hacer que dudáramos de la tierra, de Otal, de su promesa de abrigo y sustento. A partir de entonces, el pueblo comenzó a caminar distinto, como si el aire mismo pesara más. Las mujeres guardamos el agua en cántaros, cuidando cada gota como si fuera sangre. Los hombres buscaban pasos alternos entre zarzales y pedregales, tramando de hallar un resquicio o una salida que no oliera a derrota. Los niños, en silencio, observaban desde la plaza el avance por el horizonte de las máquinas. Día tras día. Mientras engullían el valle como un salvaje temporal.

El ruido del hierro sustituyó al canto de los pájaros. El polvo se posaba sobre los tejados y sobre la piel, y ya no sabíamos si el cansancio era nuestro o del mismo suelo que nos sostenía. Las noches se volvieron más largas, el sueño, más escaso. El miedo llegó antes que el hambre y, junto al cansancio, se convirtió en una fatiga que se extendía por el pecho al igual que el invierno por las montañas. Querían que olvidáramos quiénes éramos. Y lo peor de todo es que, a veces, lo consiguieron.

Tu padre no hablaba. Pasaba horas sentado en la plaza, mirando hacia el Pelopín o al Erata, como si esperara una señal desde lo alto de sus cumbres. Había perdido peso. Sus manos temblaban, incluso quietas. Yo lo observaba desde lejos, intentando no pensar en ti. Como si hacerlo bastase para detener el dolor. Lorenza me decía que descansara, que me ocupara de sanar. Que a veces solo hace falta tiempo. Pero ¿cómo se cura lo que ha sido arrancado de raíz?

El pueblo se fue apagando con él. En la fuente, el agua seguía corriendo, pero su sonido era distinto: más hueco, más triste. En las calles las voces se sentían más bajas. Hasta el perro de los Dieste dejó de ladrar al anochecer, como si hubiera comprendido que ya no quedaba nada por defender.

Una noche, cuando todo parecía quieto, lo encontré sentado frente a la iglesia. Las campanas callaban, pero él seguía mirando el campanario, como si esperara escucharlas una vez más.

—No podemos quedarnos aquí —dije, con una voz que casi no me pertenecía.

Él no respondió. Tenía los puños cerrados y los nudillos rojizos. Cuando le toqué el brazo, al fin giró la cabeza. Sus ojos estaban vacíos. Como si ya no quedara nadie dentro.

—¿Y a dónde quieres que vayamos? —susurró—. ¿Qué lugar existe para nosotros?

No supe qué contestar. Tal vez no había ninguno. No después de perderte a ti.

Las semanas siguientes lo vi deslizarse, poco a poco, lejos de sí. Hablaba solo. Reprochaba en voz alta a quienes ya se habían marchado y llamaba cobardes a los que, finalmente, se daban por vencidos. Se quedaba horas mirando el fuego, como si pudiera devolverle algo; quizá lo que aquella noche nos había robado. A veces gritaba tu nombre en la noche, uno que nunca llegamos a decir en voz alta. O salía sin avisar, y volvía al amanecer con los ojos enrojecidos y la ropa cubierta de polvo, como si el propio camino lo hubiera deshecho un poco más.

Y sin embargo, durante un tiempo, fingimos que podíamos quedarnos. Que podíamos empezar de nuevo, aunque tú ya no estuvieras. La mitad del pueblo seguía resistiendo. Gente mayor, resignada, que se negaba a abandonar las paredes donde habían nacido. Pero también algunos jóvenes, como los de la casa Ruiz o los Abiego, que querían dar a sus hijos una infancia entre montañas, lejos de lo artificial y cerca de lo humano. Las mujeres nos solíamos reunir para amasar pan, los hombres para cortar leña, y observar después el humo saliendo por las chimeneas, y los niños corrían detrás de una pelota hecha de trapos cerca del nogal.

Con la llegada del invierno procuramos aferrarnos a las rutinas, a los pequeños milagros, mirando más adentro que a las calles, como si así fuera más fácil recordar el calor. Cada amanecer era una prueba, cada anochecer una victoria silenciosa. La nieve sepultó el valle al igual que siempre hacía, pero el frío, al contrario que otros inviernos, no se quedaba en los huesos, sino que calaba en las palabras y en los pensamientos, como si el propio cuerpo temiera quebrarse con un gesto.

Las horas se congelaban en los cristales de las ventanas y encendíamos el fuego con una devoción casi religiosa. La leña, escasa, se convertía en oro, y el humo, en una plegaría que ascendía lenta por la chimenea. Comenzamos a medir la vida en detalles: cuánto duraba un tronco, cuánto tardaba el pan en endurecerse, cuánto aguantaba una vela antes de ceder. Andrés reparaba las grietas de la casa con retales de madera y trozos de teja; incluso con pedazos de su propia paciencia. Yo enseñaba a los niños envueltos en mantas, con los dedos morados de frío. Escribiendo sobre una pizarra que se empeñaba con el aliento; a veces, en medio de esa quietud, me parecía escuchar tu risa, y entonces intentaba sonreír para aliviar la pena de Andrés, para que no notara que yo también podía apagarme.

La soledad se volvió otro habitante del pueblo. Llegó sin ruido, pero ocupó todos los espacios. Tenía un silencio intenso, que dejaba escuchar el golpe seco de la nieve al caer del tejado. Pasaba de casa en casa, sin llamar, sin pedir permiso. Se sentaba junto al fuego, se metía en las camas y en las habitaciones, quizá cansada de habitar casas vacías donde antes hubo risas. Nadie la veía venir, pero todos sentíamos su presencia. Algunos días era tan férrea, que volvía a nuestra esperanza tan vulnerable como una hoja seca.

Pero, aun así, resistimos. Nos agarramos a los gestos mínimos: un cuenco compartido de sopa, una visita al atardecer, una canción medio olvidada. Incluso los pupitres y las casas vacías dejaron de doler, como si la costumbre nos hubiera enseñado a convivir con la ausencia.

Hasta que llegó la primavera. Y con ella, el deshielo trajo algo más que agua. El valle, liberado de su coraza blanca, comenzó a mostrar las grietas que el invierno había disimulado: los muros vencidos, las sendas tapadas y los árboles caídos por el paso de las máquinas. Como si quisiera mostrar que el invierno no había sido el enemigo. Que el verdadero frío apenas comenzaba.

El dos de mayo, al mediodía, regresaron los mismos hombres de ciudad que, meses atrás habían traído la noticia del embalse. Pero esta vez no venían con carpetas ni planos bajo el brazo, sino con acompañantes: cuatro hombres rudos, de espalda ancha, mirada sin nombre y alma prestada.

No llamaron. Se adentraron en la escuela con la arrogancia de quien se sabe dueño de lo que pisa. Arrastrando el aire como si incluso el polvo molestara a su paso. Los niños enmudecieron y el eco de sus voces quedó suspendido entre los muros. Yo apenas tuve tiempo de dejar la tiza sobre la mesa, antes de sentir una mano aferrándose a mi cabello. Después tiró de mí hacia afuera, como si fuera una maleza que debía ser arrancada antes de que echara raíces.

—No puede seguir aquí —dijo uno de ellos, con una voz que sonaba más a orden que a juicio.

—La reubicaremos. Será mejor que vuelva a Madrid. Todo irá bien si sigue nuestras indicaciones. Puede que incluso vuelva a quedarse embarazada, pero no será aquí. Otal está condenado, pero se desangrará más rápido sin escuela.

Sus palabras fueron una estocada limpia y precisa. Contra mi libertad, mis deseos y mi propia intimidad. Pero también con lo que quedaba en pie: los niños, la escuela, las tardes de sol junto al nogal o el calor cerca de la cadiera, frente al fogaril; contra estas calles que entonces respiraban pausa, no como ahora que están hechas de piel rota.

Y mientras hablaban, los niños salieron corriendo, despavoridos. Como pájaros sorprendidos por un disparo. Algunos vecinos se asomaron desde las puertas, con los ojos entreabiertos por el miedo y la impotencia, pero sin dar un paso al frente ni hacer nada. Nadie hizo nada, excepto tu padre. Que apareció por la calle de la plaza lleno de furia. Con una azada en la mano, con la que seguramente había removido la tierra del huerto.

No gritó. Solo embistió con la determinación de quien no teme perder nada, porque ya lo ha perdido todo. Fue un golpe seco e inútil contra uno de ellos. Después el resto de hombres lo rodearon. Y lo redujeron con una brutalidad que todavía me atraviesa al recordarlo. Recuerdo el sonido de las botas sobre su cuerpo, la respiración rota y el polvo levantándose como un sudario. Yo quise correr, gritar y arrancarles esa rabia, pero una de las manos me sujetó con fuerza y me obligó a mirar. Ese era su plan. Que lo viera, que quedara grabado en mí. Que supiera lo que significaba resistir.

Cuando por fin lo soltaron, Andrés yacía en el suelo, con las costillas hundidas y la camisa manchada de sangre y tierra. A pesar de ello, sus ojos seguían encendidos y llenos de claridad. «No podrán con nosotros», me susurró como si el amor también pudiera ser un acto de resistencia, incluso cuando ya no quedan testigos.

Los hombres se marcharon sin mirar atrás. Dejando tras de sí un silencio hecho de abandono. Quizá porque ese día Otal, además de perder la escuela, perdió la voz.

Desde entonces ese silencio ha sido un eco que se repite dentro de mi cabeza. A veces débil. Otras ajeno, como si viniera de otra vida. O como ahora, cuando me descubro hablando sola, creyendo escuchar pasos y risas o repasando en alto las tareas que los niños han de hacer en la escuela, junto al fogaril.

Quizá solo sea mi memoria deshaciéndose como un hilo mordido por el sol y el paso del tiempo. Pero ¿sabes, Alba? Tú sigues ahí. Tú existes. Y sobrevives en mí. Eres la razón por la que aún hablo con el aire, por la que sigo encendiendo el fuego cada noche, por la que sigo aquí, esperando que el eco —ese viejo eco de Otal— vuelva, aunque sea solo para decirme que no todo se ha perdido.

La partida

Al día siguiente, el pueblo despertó más viejo. Más vencido. Nadie mencionó lo ocurrido. Callar era, quizá, una forma de no romperse del todo. Pero en sus ojos estaba la verdad: el fin había comenzado.

Tu padre apenas podía moverse, y aun así insistió en hacer como si nada hubiera sucedido. Se levantó de la cama con gestos torpes y una obstinación silenciosa, que lo mantenía en pie a duras penas. Apretaba los dientes con cada movimiento, y de su rostro nacía una rabia sorda que hervía bajo su piel. No quería ceder al dolor, puede que porque de su pecho naciera algo más fuerte: la humillación de no haber podido proteger lo que amaba.

Durante los días que siguieron apenas dormimos. Yo sentía el peso en el estómago —como si mi cuerpo no terminase de aceptar el vacío que dejaste—, y él caminaba de un lado a otro, como si de algún modo arrastrara la memoria de lo que había sido; quizá del mismo modo que hago entre estas paredes. Solía detenerse largos ratos en los muros ennegrecidos de la casa Bescos, como si además del interior de aquella casa, también algo dentro de nosotros se hubiera consumido. Cada paso suyo era un recordatorio de que lo perdido no volvería, cada silencio mío, un intento desesperado de contener el llanto que amenazaba con quebrarnos a ambos.

Y ahora, tantos años después, paso por ese mismo muro y me cuesta reconocer sus formas. Las piedras están cubiertas de musgo, las grietas se han suavizado con la lluvia y ya no hay fuego, ni olor a ceniza que hable de nosotros. A veces creo oír su voz entre las hendiduras, pero quizá solo sea el viento burlándose de esta memoria que se deshace lentamente, como una rama arrastrada por la corriente.

Una semana más tarde, decidimos marchar. No fue un acuerdo. Podría decirse que tampoco una conversación. Fue más bien una rendición callada, una rendición de lo inevitable. La noche anterior a nuestra partida, Andrés se levantó de la cama y dijo, sin mirarme, que nos iríamos. Que en Otal ya no quedaba nada. Ni agua limpia. Ni tierra. Ni perdón. Entonces supe que nos iríamos no por valentía, ni por esperanza, sino porque de algún modo nosotros habíamos comenzado a morir.

Salimos al amanecer. No hubo despedidas. Solo puertas entreabiertas, miradas ocultas tras los visillos, y un silencio compacto cubriendo las calles como una niebla espesa. Cargamos un carro prestado con lo justo: las mismas maletas que habían venido conmigo de Madrid, varias mantas y algunos recuerdos que Andrés se negó a dejar atrás; ni siquiera quiso cerrar el trato de la venta de nuestra casa por sí mismo, sino que lo dejó apalabrado para que fueran los Dieste, como si delegar pudiera protegerlo de una última humillación.

Antes de marchar se acercó hasta la casa de los Bescos, cogió un tarugo quemado y se acercó con él a la escuela. Sobre la fachada escribió: «Nadie puede ahogar la voz»; ahí, donde abandoné risas y lecciones y ahora solo queda polvo. Como si con cada trazo le arrancara un pedazo al alma. El carbón se deshacía al contacto con la cal, dejando un rastro oscuro, irregular, pero visible; a veces en la penumbra creo escuchar esa frase, bajo la costra del tiempo, como si también se hubiera escrito en mí. Pero al amanecer se borra, del mismo modo que se borran los nombres de quienes amamos demasiado.

Durante el trayecto yo llevaba una mano en el vientre —como si aún siguieras ahí— y la otra sobre el hombro de tu padre. En el cuerpo sentía el peso del cansancio, del miedo, de la derrota y de los remolinos de un dolor que no encontraba sitio en el que posarse. Cada paso era un recordatorio de lo que dejábamos atrás. No dijimos nada durante el camino. No hacía falta, porque la voz se habría roto en llanto, y los gestos, por más que lo intentáramos, no habrían alcanzado a sostenernos. Solo existía el silencio, denso y compartido, que nos unía a la vez que nos dejaba vacíos; recuerdo incluso el quejido de los ejes con cada bache, como si incluso la madera supiera que marchábamos para no volver.

En el horizonte Barcelona; una ciudad que no conocíamos y donde nadie sabía de nosotros; sin cartas de recomendación, sin familia, sin certezas. Solo llevábamos la intención simple —casi animal— de seguir respirando, de encontrar un lugar donde el agua no arrasara lo poco que quedaba de nuestra vida.

A medida que avanzábamos, el valle se fue deshaciendo detrás de nosotros. Las montañas, antes tan firmes, se volvían azules, después grises, después nada. El mundo que habíamos conocido se retiraba como una marea paciente, dejando al descubierto un silencio que quebraba la piel. El aire perdía su olor a leña y el camino se llenaba de polvo, de distancia; de esa clase de desamparo que nace cuando lo que se abandona es más grande que lo que se lleva.

Con cada recodo, sentía que algo se me desprendía por dentro: primero la escuela, luego la voz, después el hogar. Cuando miré hacia atrás por última vez, el campanario asomaba entre la bruma como un dedo que aún nos señalaba. Y supe que, aunque todo se hundiera bajo el agua, Otal seguiría existiendo dentro de mí al igual que una astilla bajo la piel. Que Otal se quedaría con nosotros para siempre, como una cicatriz.

Fue entonces cuando hice la promesa que hoy toma sentido: volvería. A verte. A escucharte. A despedirme de ti; porque hay lugares y personas que, aunque desaparezcan, siguen vivos en la memoria; porque hay despedidas que, más que una redención, son la forma más digna de amar lo que ya no se puede salvar. Y aquí estoy. Sola. Tocando piedras que con el temblor de mis manos a veces resultan extrañas. Con un río que suena distinto. Incapaz de dar forma a muchos de los rostros que aquí se quedaron. Incapaz de recordar si elegimos Barcelona porque en Madrid ya no quedaba nada. Si fue por la muerte de tu abuela o por la enemistad con la familia; tal vez huíamos de más de un lugar; tal vez del valle que se ahogaba de las máquinas; tal vez de Madrid y de sus miradas afiladas; tal vez de ti, y de la certeza de que huir era lo único que podíamos hacer sin rompernos del todo.

Viajamos durante una larga jornada. En autobuses que no conocíamos, entre gente que no nos miraba, como si la invisibilidad fuese parte de nuestro cuerpo. El frío era otro, más profundo, sin paisaje ni hogar que lo explicara: un frío despojado, casi abstracto, que parecía correr por las venas. Andrés mantenía la mirada clavada en el suelo, con la mandíbula apretada, como si masticara algo que no podía tragar. A veces quería decirle que paráramos, que volviéramos, que aún podíamos resistir, pero el cuerpo no obedecía y el deseo se quedaba atrapado entre las costillas. Pero una fuerza invisible —quizá ese instinto que aparece cuando la vida se ha desfondado— nos empujaba hacia delante, aunque cada paso doliera tanto como una amputación.

Llegamos a Barcelona al siguiente amanecer. El aire olía a carbón y a mar. A metal húmedo. A prisa. Las calles eran un laberinto de sombras que se movían sin destino. Nadie sabía quiénes éramos, y esa indiferencia, lejos de aliviar, pesaba más que el propio duelo. Nadie preguntaba, nadie escuchaba. Éramos dos cuerpos extraviados entre miles, una historia demasiado pequeña para el ruido de la ciudad.

Tu padre me tomó la mano. Su piel estaba áspera, casi helada.

—Habrá trabajo —dijo sin convicción.

Yo asentí. Pero en mi interior solo había vacío. Uno tan vasto y hueco que parecía tragarlo todo: la esperanza, la voz, incluso tu nombre.

Esa primera noche dormimos en una pensión cerca del puerto, donde las paredes olían a sal y a desinfectante. No hablamos.

Afuera, los tranvías chirriaban como si arrastrasen la memoria de otros desterrados. En la oscuridad, pensé que el silencio del valle era más amable que este. Que al menos allí, entre ruinas, la soledad tenía forma de pájaro o de campana. Aquí, en cambio, era un zumbido constante, un rumor sin alma.

Y supe entonces que no se trataba solo de haber perdido un pueblo. Era haber perdido el derecho a pertenecer. A un lugar, a una historia, incluso a mí misma. Porque hay viajes que no te llevan a ningún sitio. Y hay huidas que no terminan nunca.

Y quizá esta cadiera solo sea un refugio transitorio. Un alto en el camino antes de seguir huyendo, aunque no sepa de qué; quizá de los tranvías, de la prisa y de las aceras abarrotadas que parecen desiertos. Quizá de mí misma. O del ruido de la vida. Quizá solo busque un lugar donde los recuerdos no se ahoguen.

Forasteros

Durante mucho tiempo intentamos ser felices. No sé si por convicción o por necesidad. Tal vez ambas cosas, mezcladas como un hilo que sostiene lo que se deshace entre los dedos. Procuramos ponerle nombre al horizonte en un piso pequeño en Gràcia, en una calle donde el cielo apenas se adivinaba entre las fachadas; diferente a Otal, donde el cielo empapa y las nubes se mueven con decisión para tocar la tierra antes de desaparecer.

Allí, mientras colgábamos cortinas y alineábamos platos desiguales, nos mirábamos asegurando que ese sería nuestro lugar o, al menos, nuestro refugio. Y cada gesto era un alegato de esperanza: cambiar la bombilla de una lámpara, limpiar los cristales de la ventana o ajustar una silla; tratábamos de domesticar el espacio como quien doméstica un miedo que no quiere hablar. Decoramos el salón con las sobras de otra vida: un mantel bordado por Lorenza, una cuchara de boj que tu abuelo talló en los inviernos y una fotografía tomada de las fiestas de Otal, cuando el pueblo entero creía que Otal viviría para siempre. Las colocamos en sus lugares con la esperanza de que nos anclaran; pero los objetos, hija mía, no hacen hogar. Solo son memoria detenida.

Tu padre encontró trabajo en una imprenta del Eixample. Volvía a casa con las manos manchadas de azul, de negro, de rojo. Y decía que el trabajo estaba bien, pero en su voz había siempre una grieta, como si cada día no solo imprimiera papeles, sino también la renuncia a la vida que dejamos atrás. Yo empecé en una escuela pública donde el idioma se me resbalaba al principio, y los niños me miraban como si viniera de otro tiempo. Poco a poco, fui encontrando palabras nuevas con las que nombrar el mundo; pero nunca fueron nuestras. Ni suyas. Ni mías. Eran prestadas. Palabras que usaba sin sentirlas, como prendas ajenas que quedan grandes o pequeñas. Eran prestadas. Y ese desajuste, hija mía, ese roce constante entre lo que decía y lo que realmente quería decir, me recordaba que nada nos pertenecía del todo desde que te perdimos.

—No somos de aquí —decía Andrés algunas tardes, con la escoba en la mano y los ojos clavados en el patio interior, ese rectángulo de cielo que nunca cambiaba.

Y yo asentía. Porque era verdad. Porque ya no sabíamos de dónde éramos. Ni qué parte de nosotros quedó en Otal, entre las ruinas de lo que nunca pudimos enterrar.

Durante los primeros años hicimos lo posible por querernos sin fisuras. Íbamos a Montjuïc los domingos, subíamos al castillo y mirábamos el mar como si la esperanza pudiera alcanzarse con atajos; como si fuera el Pelopín, y a un lado observásemos a lo lejos Otal y al otro la raja que da entrada al valle de Ordesa. A veces, incluso, sonreíamos con naturalidad. Nos cogíamos de la mano. Y procuraba recordar cómo fue la primera vez que Andrés me miró como si el mundo dependiera de mis ojos. Y él fingía que no dolía. Que no había cenizas bajo su lengua. Que no soñaba con el banco del ayuntamiento vacío, ni con la sangre en sus costillas, ni con la promesa incumplida de una vida juntos en Otal.

Pero el duelo no tiene fecha de caducidad, Alba. Solo se transforma. Y cuando no encuentra salida, se instala en las pequeñas cosas: en los silencios tras una discusión, en la forma en que uno evita la mirada del otro mientras cena, en los abrazos que se dan por costumbre y ya no por deseo. El amor no desaparece. Solo se disfraza de costumbre, de rutina. Y así, sin darnos cuenta, pasaron los años. Muchos.

Nos hicimos mayores en una ciudad que nunca nos acogió. Que no nos negó nada, pero tampoco nos ofreció hogar. Que nos permitió existir, pero también nos convirtió en lo que más temíamos: forasteros. Incluso de nosotros mismos.

Barcelona se volvió testigo de nuestras ausencias. De los hijos que no vinieron. De los planes que no hicimos. De las madrugadas en que Andrés se levantaba sin hacer ruido y yo fingía dormir para no tener que preguntarle a dónde iba. De las veces en que me encontraba llorando en la cocina sin saber por qué, con el corazón pesado y la memoria dispersa. Recuerdo una Navidad, tal vez la décima o la segunda desde que nos fuimos de Otal. Colocando una figura de madera junto al belén, evité pronunciar tu nombre, pero tú estabas en cada gesto, en cada silencio, en cada plato dispuesto con cuidado sobre la mesa; al igual que lo hace cada noche tu sombra al bailar sobre la pared.

A veces discutíamos por tonterías. El pan mal cortado. Las facturas que no coincidían. Un comentario suelto sobre los que querían volver al pueblo tras fracasar la construcción de la presa. Pero sabíamos que no era eso. Que el dolor hablaba por nosotros. Que las palabras eran otra forma de empujar lo que no sabíamos abrazar. Nos queríamos, sí. Pero como se quiere a un espejo que refleja todo lo que no se logró. Nos cuidamos, pero sin alivio. Como quien riega una flor que no florece porque no ha echado raíces. Y, sin embargo, seguimos juntos. Porque separarse también era morir un poco más. Porque, aunque no supimos cómo sanar, nunca dejamos de sostenernos en lo esencial: el calor del otro al llegar a casa, el roce de la mano al pasar la sal, el convencimiento de que, a pesar de todo, éramos los únicos que podíamos entender el peso exacto de esa pérdida.

Vivimos así medio siglo. Medio siglo sin pertenencia. Medio siglo con una hija que no llegó y un pueblo que se disolvió en el mapa. Medio siglo de tardes con olor a tinta en sus dedos y a tiza en los míos. De pasos que no dejaron huella. De estaciones que no fueron nuestras. Y en cada respiración, el ritmo silencioso de la vida que nos quedó: una existencia sostenida por la memoria y por el amor de gestos mínimos y silencios compartidos.

Y ahora que lo miro desde aquí, con las palabras más claras que nunca —quizá porque el tiempo se me escapa y la memoria empieza a jugar a escondidas conmigo—, solo puedo decirte que lo intentamos. Que dimos lo que pudimos. Que a veces lo que se da no basta para ser felices, pero sí para seguir viviendo. Y eso, Alba, también es una forma de amor: seguir, aunque duela, avanzar aunque cada paso recuerde lo que falte.

Andrés murió en el salón de casa. Enfermo de cáncer, empecinado en no pisar una residencia. Repetía que no quería que su último aliento se mezclara con paredes ajenas. Que necesitaba morir lo más cerca posible de Otal, aunque quedara tan lejos que solo sobrevivía en los recovecos de nuestra memoria. Y para tu padre, ese cerca, eran los objetos que trajimos con nosotros: en las fotos de la pared, en los platos y en las cucharas de boj.

En los días finales, cuando el cuerpo ya no respondía y la voz le temblaba, me miró como al principio. Como cuando éramos jóvenes y el mundo parecía tener un sitio para nosotros. Como si, por fin, hubiera regresado a casa tras medio siglo perdido; quizá porque, en el fondo, siempre supimos que nuestra casa nunca fue esta ciudad. Que nuestra casa eras tú.

La promesa

El final llegó sin aviso. Así, como llega casi todo lo importante en esta vida, aunque nos empeñemos en vivir como si fuera eterna.

A tu padre le detectaron el cáncer en febrero. En abril ya no podía salir sin ayuda de casa. En mayo, su voz comenzó a quebrarse en frases que no terminaban nunca, como si las palabras también empezaran a dejarlo. Lo cuidé. Con todo lo que me quedaba. Con ternura, sí, pero también con una rabia enquistada que no era contra él, sino contra el tiempo. Contra los años que no fueron nuestros. Contra los silencios que se acumularon sin darnos cuenta. Contra las promesas que la vida deshizo con la misma facilidad con la que el humo se disipa en el cielo. Había días que sentía mi propia piel demasiado estrecha como para contener tanto.

—Vamos a estar bien —le dije una tarde, mientras acomodaba la manta sobre unas piernas que ya no sentía.

Tu padre la miró durante largo rato, como quien busca algo en la textura del tejido. Con esa mirada que cruzó conmigo por primera vez. Como si allí, entre hilos gastados, pudiera encontrar una despedida, un consuelo o algo que nos conectara con nosotros mismos. Luego, sin fuerzas, me acarició la mejilla por última vez. No dijo nada. No hacía falta. En ese gesto estaba todo: el amor, la renuncia, el perdón y la certeza de que ese era nuestro último instante a solas en este mundo; y yo, hija, supe que no solo se despedía de mí, sino también de ti. Como si después de tantos años de ausencia, él pudiera entregarte lo que quedaba de su vida.

Murió a principios de junio. En el mismo piso de Gràcia donde pasamos más de la mitad de nuestras vidas. Donde quisimos querer sin que nos doliera; donde nunca dejamos de buscarnos, aunque rara vez nos encontráramos del todo. Murió sin grandes palabras, sin dramatismos, como alguien que ya había dicho todo lo que se podía decir con el silencio.

Después, Barcelona siguió. Las motos. El mar. Las voces por la ventana. La vida, indiferente, avanzando deprisa. Pero yo no. Pasé días enteros sentada en el sillón, frente al cristal empañado. Miraba sin ver. Escuchaba sin entender. A veces sentía que todo lo que había vivido aquí no me pertenecía. Ni los años. Ni el aire. Ni siquiera mi nombre. Habíamos venido buscando suerte, y lo único que encontramos fue un cansancio que ya no sabía distinguirse del propio corazón.

El piso se volvió demasiado grande. Demasiado lleno de ausencias. Los vecinos hablaban de residencias, de ayuda domiciliaria, de trámites. Pero yo no quería que me cuidaran extraños. No quería terminar mis días en una habitación blanca, rodeada de voces que no conocía. No. Yo necesitaba volver. Volver, a donde todavía resiste algo enterrado bajo tantos inviernos.

Los médicos hablaron de un principio de deterioro cognitivo. Como si nombrarlo sirviera para domar el miedo; pero yo sabía que era otra cosa, que el olvido no empezaba en la cabeza, sino en el corazón, en esa rendija donde se cuelan las pérdidas mal lloradas. Al principio eran detalles: no recordaba si había comido. Qué día era. Cómo se llamaba el enfermero que venía los martes. Después fueron más nombres, direcciones e historias que antes podía repetir de memoria. Pero entre todo ese olvido creciente, había algo que seguía intacto: la promesa. De volver a Otal. De volver a ti; porque algunos recuerdos —los que nacen del amor y del dolor— sobreviven incluso cuando la memoria empieza a deshacerse.

—Debo volver —le dije una mañana a la vecina mientras regaba las macetas secas del balcón.

—¿Volver a dónde, Clara? —preguntó con esa mezcla de compasión y desconcierto que tienen los que creen que el tiempo siempre alcanza, que nada se escapa si uno está atento.

—A casa —respondí casi de carrerilla.

—¿Y qué harás allí sola?

—Recordar. O intentarlo —dije convencida. Sin saber si lo entendería, aunque tampoco me importase.

Subí al autobús una mañana nublada. Con las manos temblorosas. Con el corazón al borde, como quien camina sobre una cuerda floja sin red, con la intuición como único equilibrio. No tenía claro en qué día estábamos. A veces confundía los rostros. Me perdía leyendo los carteles. Pero había algo que no se me había borrado. La luz entre los pinos. El olor a leña húmeda. El sonido del río bajando por las montañas. El eco de las campanas al amanecer, surcando el valle como golondrinas.

Cuando llegué a Broto, una mujer mayor, con gesto amable, me ayudó a bajar. Me sujetó del brazo con más cariño del que esperaba. Yo la miré y sonreí.

—Estoy cerca —le dije. Ella me devolvió la sonrisa, aunque sin entender.

Desde allí, el camino era otro. Más arduo. Más mío. Sin tranvías. Ni prisa. Ni relojes que marcaran lo que se supone que uno debe hacer. Solo había senderos que hablaban un idioma que aún recordaba. Solo piedras que conservaban el calor de nuestros antiguos pasos. Viento que arrastraba voces que creía perdidas. Árboles que aún recordaban mi nombre. Y yo, cargando una mochila ligera; como una senderista que desea calma en el pecho.

Volver fue como cerrar un libro que ha permanecido abierto demasiados años; como prender por última vez el fuego de la cadiera y sentarse en silencio, esperando que alguien vuelva por el umbral. Volver fue reencontrarme contigo. Y conmigo. Con lo que fui. Con lo que quedó suspendido, aguardando mi retorno, paciente como las montañas.

Y así, entre nubes bajas y la claridad temblorosa de un mediodía de julio —o quizá de octubre, porque los meses también comenzaban a amontonarse en mi cabeza—, Otal volvió a abrirse ante mí.

El aire olía a tierra húmeda y a hojas secas, a lluvia reciente y a memoria retenida. Caminé despacio por su senda de entrada, dejando que cada detalle me atravesara, para por fin volver a estar cerca de ti, Alba. Y puede que mañana ya no recuerde tu nombre. Pero he recordado el camino de vuelta hasta Otal. Hasta ti. Y eso es suficiente.

Lo último que se irá

Los primeros días —o quizá semanas— fueron como un espejismo amable.

Amanecía temprano, con los pájaros peinando el cielo, y me vestía con lo primero que encontraba. A veces un abrigo que ya no recordaba mío, otras un suéter que me devolvía recuerdos que no eran míos. Caminaba por las calles sin hablar, saludando a puertas que ya no abría nadie, reconociendo la madera carcomida, los postigos torcidos, el musgo sobre las piedras, como arrugas de una historia que también se me marcaba en la piel.

El primer día limpié la entrada. El segundo, barrí la cocina. El tercero... no lo recuerdo. Pero hay una taza en la mesa, con restos de café frío, que me dice que estuve en la escuela. A veces creo que una mujer me visita por las tardes. Me ayuda a poner agua en la olla y me sonríe sin decir palabra. Luego se va. O quizá soy yo. No lo sé.

El banco de piedra sigue donde lo dejamos. Más verde. Más callado. Me senté en él al poco de llegar y me pareció que el tiempo se doblaba por su lado, como si el pasado aún respirara en sus grietas. Me vi allí contigo, con Andrés, con la vida entera que no fue. Me vi reír, aunque ahora me cueste incluso recordar cómo suena mi risa. Me toqué las rodillas y noté la aspereza de la piedra. Era real. Yo estaba allí. Todo lo demás, no lo sé.

A veces pienso que podría marchar. Que aún estoy a tiempo de hacerlo. De recordar los senderos de vuelta. De regresar a

Barcelona, a una residencia quizá. Sin importar que los días se parezcan los unos a los otros, o que nadie te pregunte de dónde vienes. Pero pronto me asusta la idea. Porque, ¿qué me espera allí? Únicamente un cuerpo más ordenado, pero sin raíces y con un vacío aún más vasto.

Algunos días me despierto con hambre. No sé si he comido. O si debo hacerlo. Me suena el estómago como suena el eco en una casa vacía. Como si me recordara que sigo aquí, que aún tengo cuerpo, aunque mi mente empiece a marcharse por los bordes. Me sirvo pan duro, lo mojo en agua y lo mastico despacio, como si cada bocado fuera una plegaria. No por mí. Por ti. Por lo que no fue. Por lo que aún guardo.

Hay noches en las que escucho pasos en la escalera. Lentos. Firmes. Sé que no puede ser, pero bajo igual. Y a veces, lo juro, me parece ver a Tomás —el cura— sentado en el comedor, hojeando su biblia como si no hubiera pasado el tiempo. Me mira, asiente y me dice:

—Siento haberos traicionado, Clara.

Y yo asiento. Sin palabra alguna. Pensando si realmente se arrepiente de sus actos. Si realmente lo movía la fe. Si piensa que existe algún dios que no sea el orgullo de uno mismo.

Otras escucho tu voz, la de Andrés, la de mi madre llamándome desde la cocina. Entonces me quedo con las manos suspendidas en el tiempo. Para oler el puchero, el humo del fuego y el olor de tu padre cuando volvía a casa. Pero tras un parpadeo la casa vuelve a su silencio inmenso. El reloj no suena. La noche calla y el aire cae por su propio peso. Y me pregunto si alguna vez existieron esas voces, o si las invento para no quedarme sola.

Algunos días estoy bien. Limpio el polvo, canto una canción de cuando era niña, doblo ropa que no es mía. Dejo que el aire acaricie las hojas del nogal, frente a casa. Mientras Andrés recoge leña y tú juegas con las nueces. Pero luego hay horas en las que todo se cae: las palabras, los recuerdos, mi reflejo en el vidrio. Me quedo quieta, con la mirada colgando en algún rincón, y no sé si acabo de despertar o de despedirme. Ni siquiera sé ponerle nombre al horizonte. Ni siquiera sé dónde dejé ayer las zapatillas y me hallo a mí misma deambulando descalza.

Entonces me pregunto si acaso he vuelto realmente, o si sigo en algún lugar del camino, entre Barcelona y Otal, soñando el regreso que nunca ocurrió. Si esta casa no es más que un pliegue del sueño, una esquina del tiempo donde mi mente se ha detenido a esperar.

El pueblo también se va olvidando de sí mismo. Las casas parecen cerrar los ojos. El viento arrastra nombres que nadie dice. Hay ventanas que ya no quieren abrir. A veces creo que Otal también tiene demencia. Que juntos estamos cayendo en ese abismo blando, callado, donde solo sobreviven las sensaciones: la piel de las cosas, el calor de una voz, el olor de un guiso, el tacto de una manta.

Pero aún me queda algo, hija. Aún me queda este banco, este pedazo de tierra, esta promesa que late incluso cuando el mundo se borra. A veces creo que si me quedo muy quieta, si cierro los ojos con cuidado, podré volver a verte; en las subidas a Montjuïc, con el sol cayendo sobre el mar y la ciudad extendiéndose abajo como un mapa de promesas que no llegamos a cumplir. En los días donde el olor a mar se mezclaba con el de tinta de tu padre. Al sentarme en el banco de piedra de Otal, mientras tú corrías por la plaza y depués leías un libro que nunca terminaba. Quizá no con nitidez. Pero sí con el corazón.

Pero aún me queda algo, hija. Aunque mañana no sepa mi nombre, ni el mes, ni si alguna vez fui joven, seguiré sabiendo cómo se llega a la plaza. Y cómo se dice «Alba» sin que duela tanto. Porque aunque el mundo se me escape, tú eres lo último que se irá.

El nogal y la cadiera

La primera vez que nos vimos fue debajo del nogal, ¿recuerdas? Tallabas cucharas de boj con esa paciencia tuya, la que siempre tuviste. Cruzamos nuestras miradas, mientras el sol se filtraba entre las hojas y el sonido del cuchillo sobre la madera se volvía melodía. Después me ofreciste un puñado de castañas y una sonrisa, o quizá fuera en otro momento, cuando ya no éramos dos extraños; este nogal, donde el aire huele a savia y el invierno, cercano, abre los ojos para que el valle cierre los suyos.

Quizá fue aquí donde nos besamos. Donde me temblaron las rodillas por primera vez. Donde sentí que la vida, aún en este rincón olvidado del mapa, podría ser algo parecido a la plenitud. Donde contamos el verano, el invierno y las estrellas. Donde imaginé que Otal, con sus casas desiguales y su campana rasgando el cielo al amanecer, encontraría algo parecido a un hogar.

Sé que muchas veces nos sentamos aquí al salir de clase, a veces sin hablar. Porque el silencio entre dos personas también habla. Y se escucha. Y abraza. A veces solo mirábamos el valle. Hasta el fondo, como si quisiéramos ver algo oculto en él; ¿la felicidad? Aquí soñamos con hacer de tu casa un hogar, y dentro de él una familia, con una cuna. Aquí me dijiste que Alba sería un buen nombre. Aquí, donde nació la vida que no fue; lo único que no he podido olvidar pese al tiempo, como si estuviera clavado en mi pecho y no necesitara de memoria para acordarme de ello.

Cada día me cuesta recordar más qué día es. Solo el cuerpo me recuerda que sigo viva, aunque a ratos no sepa bien cómo vivir. Pero cuando me siento aquí, todo se ordena un poco. No el presente, mucho menos el tiempo. Se ordena el corazón.

Hay mañanas en las que te veo venir por el sendero, Andrés. Con la camisa arremangada y el gesto sereno. Como cuando cargabas ramas de boj y me guiñabas un ojo. Te veo sentarte a mi lado, con las manos llenas de polvo, con esa mirada que nunca supe sostener del todo. Y entonces me pregunto si has estado aquí todo este tiempo. Esperando. Porque hay veces que me vence el sueño, y escucho tu voz llamarme bajito. Oigo cómo dices Clara, con esa cadencia lenta que usabas cuando querías que te escuchara de verdad.

Y te hablo. Como ahora.

Te digo que siempre te quise, Andrés. Que hubo amor, aunque se nos gastara el cuerpo de esperarlo. Que sigo buscándote en las sombras del atardecer, en el olor del pan caliente, en las grietas del silencio. Que lo que sucedió no fue culpa nuestra. Que fue mala suerte, eso que los médicos llaman casualidad y los curas destino; lo mismo que decía Tomás para que nos olvidáramos de Otal. Que todo estaba escrito según la voluntad del señor. Pero él nunca perdió todo, para él la voluntad fue ganar dinero a costa de la miseria de otros.

A veces creo que estoy en el piso de Gràcia, lleno de ecos, esperando el autobús que nunca salió. O quizá estoy en una residencia, rodeada de blanco y de sueños. Con mi demencia bailando sobre los sueños. De Otal. De ti. De Alba. O quizá Alba también es una invención de mi cabeza cansada.

Pero es cierto que al llegar la noche, cierro los ojos al lado de la cadiera, y sé que no. Porque te siento.

Siento tu mano en mi espalda.

Tu respiración cerca del oído.

Tu nombre latiendo dentro del mío.

Y siento también a Alba. No la veo, pero sé que está aquí. La noto en la garganta. Luego en el pecho. Luego en el vientre. Como una luz pequeña que no duele, pero quema. Está ahí. Esperando que la abrace por fin.

El nogal sigue ahí, y yo bajo su sombra. Pero el pueblo, ya no respira igual. El viento arrastra murmullos, pero son de gente que ya no está. De niños que ya no corren. De gallinas que no picotean la tierra. Otal se ha convertido en un eco. En una pausa que no encuentra su frase.

La cadiera también está, al menos eso especula mi mente. Pero ya no forma parte de un hogar, sino de un lugar descubierto de emociones. Paredes frías. Vulnerables para la vida. Sin una rutina fija, que no sea la del vacío y el abandono.

Y mientras el tiempo se hace líquido, me pregunto qué diferencia hay con el agua del río. Con su rumor. Con la presa que ahoga nuestros cuerpos. Y en esos momento es cuando cierro los ojos. Con tu nombre latiéndome en los huesos. Y sostengo a Alba en brazos, mientras camino por el sendero que conduce a Ainielle. Y luego me doy cuenta de que nunca la sostuve, y que mi hija es un fantasma tan real como Andrés, tan real como el nogal que sigue creciendo sobre nosotros.

Alba.

¿Estás aquí?

¿Me ves?

¿Sabes que este nogal también es tuyo? Que sus raíces guardan algo de nuestras voces, de las tardes que nunca fueron. Que aquí creo oírte reír...

¿Sabes que, aunque me olvide del mundo, siempre recordaré cómo llegué hasta él? Cómo fuiste parte de mi vida. De mi piel. De mi cuerpo, al igual que el temblor que aún me atraviesa cuando pronuncio en alto tu nombre.

Inviernos sin claridad

El valle amanece dormido. El humo sube despacio por las chimeneas, y las huellas se borran antes de llegar al arroyo de Artosa.

Los días parecen repetirse con la cadencia de un ritual que no entendemos. Amanecemos y nos levantamos, y todo vuelve a empezar, como si el tiempo estuviera atrapado en un bucle. Cada mañana abro la ventana y veo la misma luz pálida entre los álamos, el mismo humo que asciende lento. Y me pregunto si algún día habrá un amanecer distinto.

En las tardes, el viento sopla con una cadencia de lamento, quizá porque sabe que viene el invierno. Y el silencio se convierte en una plegaria que nadie responde. Lorenza dice que es normal, que el viento baja cargado de frío y recuerdos. Yo la escucho desde la ventana, mientras tiende la ropa al sol y canta algo que no alcanzo a entender. Cada día su voz me parece más un hilo que me ata al mundo, aunque a veces olvide de qué estaba hecha la vida fuera de estas paredes.

He aprendido a caminar despacio, a no hacer ruido, a convivir con las paredes como si fueran testigos. Andrés sigue cortando madera seca para tener de sobra. Oigo el golpe del hacha y por las escaleras sube el olor a madera cortada. Después, suele subir para, al lado de la cadiera, tallar alguna rama de boj. Y le pregunto si ha visto a los Bescos, si ya han terminado de reparar el tejado después del fuego. Y él asiente, aunque en sus ojos hay algo que no comprendo, como si él también estuviera atrapado en la repetición de los días.

El fuego crepita con ternura, como si supiera que hay poco que calentar. Y yo remuevo las brasas para que el puchero hierva. Está claro que el invierno aquí no es un tiempo, sino una forma de soledad, donde el cuerpo se acostumbra al frío y el alma ya no busca calor.

Por las mañanas abro la escuela. Los niños llegan solos, perezosos por cambiar el calor de la chimenea por el frío del aula. Elena deja las botas en la entrada, Julián se pelea por la silla del fondo, y yo escribo la fecha en la pizarra, aunque la tiza apenas suena. Los días se confunden entre sí: ayer, hoy, mañana; no hay diferencia. Solo las voces de los niños, las risas al jugar o las disputas breves, llenan el aula de una vida efímera.

A veces creo que solo estoy aquí por ellos. Para que el tiempo siga existiendo. Por mi sueño de ser maestra. De enseñar. De cambiar el mundo en la medida de lo posible. De hacerles crecer como personas. Y los observo mientras levantan la mano, dibujan garabatos en el papel o se apoyan en la mesa para suspirar de cansancio.

El valle parece dormido cuando bajo al río al caer la tarde. El agua corre mansa, pero hay un rumor distinto, como si bajo la corriente algo respirara. Dicen que la compañía eléctrica volverá, que el embalse será grande y hermoso, que traerá progreso aunque inunde el pueblo. Yo solo veo el reflejo de las casas, y me da miedo que un día se queden atrapadas ahí, en el fondo. Otal seguirá vivo, me digo entonces. Y me aseguro a mí misma que los otalinos aguantarán, que no será el último invierno de Otal, ni tampoco el primero de mi ausencia.

A veces, cuando el cielo se tiñe de rojo, recuerdo el fuego. Las llamas devorando una casa —¿la de los Bescos? ¿La nuestra?—, el grito de alguien que no supe reconocer, el calor subiendo por el vientre hasta romperme por dentro. Ahora todo está en calma. Solo el frío, solo el humo, solo el sonido del viento entre los álamos. Eso fue otra vida, me repito.

Las sombras del nogal se alargan hasta la puerta. El agua de la fuente se hiela antes de la mañana. Cada paso sobre la nieve suena como un adiós, pero no sé a quién despide. Por las noches Andrés cruza el umbral con una hogaza en la mano. Deja el pan sobre la mesa y se sienta junto al fogaril. Yo le cuento que Lorenza ha traído leche y yo le he dado huevos. Que Tomás ha dicho misa aunque nadie fuera. Que el invierno será largo este año. Él me escucha callado, con esa mirada que parece tener siglos.

Y entonces dudo.

A veces creo que todo esto ya ocurrió, que el pueblo está bajo el agua, que lo que oigo no es el viento, sino el rumor del embalse sobre nuestras ruinas. Pero luego entra un rayo de sol, y todo parece volver a su sitio. El humo, las voces, el olor del pan recién hecho. Cierro los ojos y dejo que el calor me engañe. No importa si es recuerdo o presente. Porque en ese instante —solo en ese— la vida parece posible otra vez.

Pero entonces vuelve la mañana. Y entre las paredes del aula, me sorprendo hablando a los críos de cosas que no entiendo del todo. De Barcelona. De calles que suben y bajan. De una rambla llena de vida, pero nada que ver con la que habita el valle. Les explico que en la ciudad los edificios se apilan uno sobre otro, como si quisieran tocar el cielo, y que los niños, enseñados por los adultos, caminan con prisa, como si el tiempo se perdiera en cada paso. Les hablo también de mercadillos, de vendedores que pregonan su mercancía con voz alta. Y ellos escuchan, con los ojos abiertos, como si el mundo entero pudiera entrar en el aula. Como si las palabras fueran ventanas que se abren hacia un lugar imposible de tocar.

Y cuando se marchan, me quedo en silencio. Con la mirada perdida en las sombras de la cadiera. Y el valle, la escuela y el olor a café se mezclan como si fueran uno. Y allí vuelves a estar tú, Alba. Mirándome con cariño. Esperando unos segundos para abalanzarte sobre mí y darme un abrazo.

Una historia con espalda

La Guardia Civil levantó el cadáver el diez de diciembre del dos mil veintidós. Un mero trámite. Un papel firmado, una caja sellada y un informe clínico que certificaba la muerte de alguien que parecía haber sido olvidada por todos, menos por el valle.

Según ellos, la inanición, una demencia senil avanzada y los signos evidentes de una profunda deficiencia de vitamina B12, habían sido la causa del fallecimiento. Pero los informes no saben de ausencias, ni de promesas rotas, ni de amor mal enterrado. No saben que el alma también se apaga. Que el dolor, a veces, tiene la capacidad de llevarnos más lejos que cualquier enfermedad.

No se trataba de una anciana cualquiera. Sino de Clara. La persona que —de alguna forma— salvó mi vida.

Dos días antes yo había subido a Otal; al igual que lo hacía cuando estaba en la universidad y el mundo se volvía ajeno. Sin avisar, pero con una nota en el escritorio diciendo que andaría por Otal; con la idea —vaga, pero firme— de poner fin a una vida que parecía haber perdido su respiración.

Mi vida en Zaragoza se había deshecho en piezas que no sabía recomponer. El desahucio había vaciado nuestra casa, y cada discusión con Pilar se convertía en un muro de silencios que no sabía derribar. Mi propia historia era un camino hacia el fracaso: trabajo que no alcanzaba, días que no terminaban, noches que no traían sueño ni descanso. Solo Rodrigo ponía algo de calma a las grietas que nacían en la mente.

Pero yo me deshacía lentamente, como un libro mojado al que arrancan sus páginas una a una. Pensé que Otal podía ser un final limpio: subir al tejado, dejar caer un par de tejas y simular una caída; al menos un último acto de control en una vida que parecía escaparse. Entonces el seguro de vida del banco activaría la póliza, ese mismo que seguía cargando la hipoteca de una casa que ya no era nuestra, y Rodrigo tendría una oportunidad de vivir sin tener que cargar con mis deudas y mi fracaso.

Dejé el coche tras el puente de Cotefablo y comencé a caminar. El sol tibio de diciembre acariciaba las hojas. Las ramas de boj me abrían paso sin juicio. Me detuve con cada paisaje como si fuera los restos de una civilización perdida. Y, de algún modo, lo eran; incluso los paisajes, a veces, esperan una mirada que no resulte extraña ni esté llena de tormento.

Cuando alcancé el collado del Pelopín, sentí el aire de montaña, los primeros metros de nieve crujiendo sobre mis pies y la claridad del cielo. Los gritos gritaban su nombre: Gabietos, Taillón, las tres Sorores o Tendeñera. Y por un momento sentí que aún podía desafiar mis adentros, como si la propia montaña me recordara que aún tenía ojos para ver, manos para tocar y pulmones para respirar. Que aún existía la posibilidad de estar vivo, aunque me doliera.

Cuando llegué a Otal, el valle se abrió como una herida vieja. La vegetación había vuelto a reclamar su lugar. Pero allí, entre el verde y los muros vencidos, seguía en pie la casa O'Royo. Me resigné a la rutina de preparar leña, ordenar lo que quedaba, mirar las ruinas y cerrar los ojos, como si quisiera aplazar lo evidente.

Pero, al abrir la puerta, el olor alteró todo. Un hedor denso, fruto de la descomposición y el abandono, que se filtraba por la escalera y lo cubría todo. Pensé que sería un animal muerto. Un zorro, tal vez una vaca. Pero al subir y empujar la puerta del segundo piso, allí estaba Clara.

Tendida como quien espera que alguien vuelva.

El rostro en calma.

El cuerpo ya liviano, rendido al fin.

Junto a ella, sobre la cadiera y por el suelo, un montón de folios escritos a mano. Algunos arrugados. Otros más limpios. Algunos firmados. Muchos sin fecha. Eran su confesión. Su legado. Su historia.

Pese a lo raro de la situación, me senté a leer. La tinta y las letras temblaban como si estuvieran escritas contra el tiempo; quizá su pulso, quizá su lucidez. Cada palabra pronto se convirtió en una palabra que me ataba de nuevo a este mundo, a la memoria, a mi propia renuncia con la vida. Clara había vuelto a Otal porque su promesa aún la sostenía. Volvió para reencontrarse con Alba, su hija no nacida. Con Andrés. Con el banco de piedra donde se dio su primer beso. Con el pueblo que la vio llegar como maestra y la despidió como fantasma. Volvió para morir en su sitio. Para escribir con su cuerpo una última página que dijera: «Estuve aquí».

En su escritura había una forma de calma, como si hubiera logrado permanecer cuando todo lo demás se disolvía. Y en cada página que avanzaba, algo en mí se enderezaba, como si su voz también me estuviera nombrando. Lo que amamos, aunque se hunda, nos sigue sosteniendo, escribió en una de las hojas. Y entendí que tal vez eso era vivir: saber hundirse con dignidad, y aun así, seguir mirando hacia la luz.

Y yo, que había ido a morir, encontré en su muerte una razón para no hacerlo.

No fue la compasión. Fue la dignidad. Porque incluso en el delirio, incluso en su debilidad extrema, Clara supo contar. Supo volver. Supo esperar. Supo que el tiempo que se queda atrás, jamás se puede recuperar.

Leí hasta que el amanecer rompió la oscuridad. Mientras la casa respiraba entre silencios y el viento hacía sonar a un tejado cada vez más desnudo de tejas. Al salir al exterior comprendí que Clara no deseaba ser recordada, sino continuar en alguien. Quizá por ello su historia no solo me obligó a enfrentarme a la mía, sino también a entender que la vida —incluso rota— sigue siendo vida mientras se nombra.

Subí por el camino que llevaba a la escuela. Dentro, en la pizarra, quedaban palabras a medio borrar: Barcelona, ciudad grande, gente, ruido, luz. Me detuve en ellas. Pensé en Clara, y en cómo, en su último día de lucidez, quiso hablar a sus alumnos del mundo que ya no veía. De una vida que había tenido y perdido, y que aun así consideraba digna de ser contada. Llegué hasta el banco de piedra. Toqué el agua del barranco de Artosa y me senté bajo el nogal.

Y tuve la sensación de que, en el diseño de aquella ruta, Clara, deseaba mostrar que siempre hay un lugar donde seguir. Que los caminos no se acaban cuando uno se rompe, sino cuando uno deja de caminar. Que quizá no era la vida en Zaragoza la que había fallado —ni la casa perdida, ni las noches sin descanso, ni las discusiones que se volvían heridas—, sino en la costumbre mía de cargar con el miedo como si fuera una herencia inevitable, de sostener la culpa y no saberla soltar, de vivir con la convicción de que cada día era solo una extensión del anterior; sin fruto ni memoria propia.

Aquí, entre estas paredes y esta cadiera, comprendí que los fracasos no nos definen, sino la forma en que resistimos hasta el final. Por eso ahora su historia es este libro. Estas páginas. Este intento de no dejarla sola. De darle alas para no dejarla caer y que su vida siga incluso después de su ausencia.

Yo no sé si Clara recordaba su nombre al final, pero recordaba su amor. Y eso —en un mundo que lo olvida todo tan rápido— es una forma de resistencia.

Clara no murió abandonada.

Murió en su casa. En su hogar.

En su pueblo.

Con su historia viva en cada palabra escrita.

Y yo sigo aquí. Porque a veces basta con que alguien nos escuche. Con que alguien lea. Con que alguien diga su nombre.

Clara.

Epílogo

Hoy he vuelto a Otal.

El camino sigue siendo el mismo: una cinta de tierra que se retuerce entre montes y barrancos, como si dudara de adónde conduce.

Ya no hay humo en las chimeneas ni voces en los corrales. Solo el rumor del viento colándose entre las casas vacías, y el eco de los pasos que una vez llenaron estas calles de vida.

Dicen que un pueblo muere cuando lo abandonan, pero yo creo que algunos lugares solo aprenden a dormir. Otal no desapareció: se quedó quieto, respirando despacio y sin prisa. Esperando a que alguien volviera a pronunciar su nombre.

Por sus calles se camina despacio. Y se reconoce cada piedra. Cada sombra. La escuela. La iglesia. Los caminos que llevan hasta sus arroyos. El nogal que traza un lienzo sobre el valle. Como si en cada rincón hubiera una huella, un suspiro o un gesto que no quiso marcharse.

Porque todo sigue y no sigue a la vez, como si el tiempo aquí tuviera otro pulso, otro modo de latir.

El silencio no duele, al menos como dolió aquel día en que todos marcharon. Ahora es un silencio limpio, lleno de aire y memoria. Un silencio que abraza, que cura, que devuelve el aliento.

Y hay belleza en cada grieta, en cada muro que se resiste a caer, en cada flor que crece donde antes hubo huerta. La vida, terca, sigue encontrando maneras de quedarse. De evitar el temporal.

De hallar claridad. De recordar que incluso lo que parece perdido, todavía respira.

Aquí basta con detener el paso, dejar que el cuerpo se asiente, cerrar los ojos y escuchar:

El viento saltando los tejados.

Los pájaros.

El agua del barranco, allá abajo.

La paz, en uno mismo, como una semilla que late bajo la tierra.

Escuchar cómo todo sigue aquí. Incluso Otal, aunque nadie lo habite.

Porque mientras haya alguien que vuelva, aunque sea por un día; mientras alguien lo nombre con ternura, mientras alguien escuche su silencio y lo entienda. Otal no estará solo.

Y yo, tampoco.

Índice

Este libro se terminó de editar en Granada
en marzo de 2026 por

Aliarediciones

www.aliarediciones.es

info@aliarediciones.es